U0530400

面包树出走了

张小娴 著

北京联合出版公司

图书在版编目（CIP）数据

面包树出走了 / 张小娴著. -- 北京 ：北京联合出版公司，2025.7. --（面包树系列）. -- ISBN 978-7-5596-8490-5

Ⅰ．I247.5

中国国家版本馆CIP数据核字第2025T2K496号

面包树出走了

作　　者：张小娴
出 品 人：赵红仕
责任编辑：周　杨
封面设计：吴黛君

北京联合出版公司出版
（北京市西城区德外大街83号楼9层 100088）
北京新华先锋出版科技有限公司发行
三河市中晟雅豪印务有限公司印刷　新华书店经销
字数112千字　787毫米×1092毫米　1/32　7印张
2025年7月第1版　2025年7月第1次印刷
ISBN 978-7-5596-8490-5
定价：39.80元

版权所有，侵权必究
未经书面许可，不得以任何方式转载、复制、翻印本书部分或全部内容。
本书若有质量问题，请与本社图书销售中心联系调换。电话：（010）88876681-8026

目录

二〇二五年简体版序言　　Ⅰ

二〇一九年简体版序言　　Ⅶ

二〇一二年简体版序言　　ⅩⅢ

第一章　在那遥远的岛国　001

第二章　爱随谎言消逝了　059

第三章　风中旋转的木马　121

第四章　最蓝的一片天空　159

如果爱他是一种沉溺，我也许还愿意沉溺一辈子。

屋内的灯亮起来,灯影落在纱帘上。

车子从他身边驶过的时候,我仿佛也看见他脸上的无奈。

两个太爱自己的人，是没法长相厮守的。

我们互相祝福，在人生以后的岁月里，
永远彼此怀念，思恋常存。

願我爱的人随水漂流到我的身畔；
依然鲜活如昨。

二〇二五年简体版序言

写在面包树三十周年

三十年前,你在哪里?一九九四年,我完成了我的第一部长篇小说《面包树上的女人》,该书出版六年后,我写了《面包树出走了》,一年之后,《流浪的面包树》出版。

一转眼,这棵面包树的树龄已经三十年,我心里突然有一种很魔幻的感觉。三十年倏忽过去,往事依稀,如梦如幻如泡影。写这部小说的我,正当青春年少,那时的程韵和林方文也只是刚刚上大学,同样青春年少。面包树没有变老,一代又一代的读者爱上它,甚至有读者特地去斐济寻找它的踪影,有些找到了,有些没找到。程韵和林方文也没有变老,他们永远活在小说里的那个年纪,故事里的人物是不会老的,却也不会变年轻;唯一变老的,只有我。

II ▶ 面包树出走了

这部小说一开始是在报纸上连载,每天写一篇,一天又一天,很长一段时间,它成了我生活的一部分。它渐渐长大,离开我的手,拥有自己的生命。我希望它永远年轻,也足够年老、粗壮和茂盛去让我们依靠,让我们相信即使世事无常,即使每一场相聚也有曲终人散的一天,爱情依旧是人生最美好的际遇,它永远值得我们去期待和拥抱。

那些跑去斐济和其他热带国家寻找面包树的女孩子,有的找对了,有的找错了。最近有一个女孩子找错了猴面包树,还拍照给我看,兴奋地告诉我,她终于找到面包树。我不忍心告诉她,那不是面包树。

面包树和猴面包树是不一样的。猴面包树可以住人,可以千年,甚至两千年不死。猴面包树是庞然巨物,有些猴面包树比一座房子还要大,它的树洞不是一个让你大声说出心中的秘密的小树洞,而是一家可以招待数十位酒客的小酒吧,你可以走进去喝一个晚上,酒醉后说出那些埋藏在你心里多年的秘密。

拥有一棵猴面包树就等于拥有了食物、水源和房子。一个非洲哈扎的土著男人只要拥有一棵猴面包树就会有女人愿意嫁给他，为他生儿育女，一代一代的人在树洞里过一生。

面包树不是财产，把一棵面包树放在一棵猴面包树旁边，看上去只是一个小不点，这就像两个人的爱情与人世间的千年时光相比，是那么渺小而短暂，只有一瞬间，可我们都曾以为它是永恒。

三十年前的月光和三十年后的月光又怎会一样？即使同一个月光，看月光的人也不一样了。我常常想，程韵为什么始终那么执迷地爱着林方文，为什么明明没有他也可以过得很好却舍不得放下他，为什么爱一个不能给你安全感和承诺的人，为什么苦苦等待一个曾经背叛你的人？

他是她的初恋啊。

林方文是最早住进她心里，也是唯一能够住进她心里最深处的那个人，别无他人。她了解他，也纵容他。她曾如此爱过一个人，其他只是过客。他是她心头最明亮的那颗星星，她无数次想要把它摘下来埋在脚下那片水泥地里，永不再见，却总是摘下来又捡起来放回去，并且每一次也藏得更深。

我们心里不都有过一颗星星吗？有的星星始终遥远，有的星星终归暗淡，却有一颗星星，亮晶晶的，它照亮了你，

IV ▶ 面包树出走了

它在你心里生了根,它刮伤过你,却又成了你的血肉,你终究无法去恨它。

世间所有的痴情都是魔幻的,灯火阑珊,蓦然回首,你也许完全不能理解你为什么曾经如许痴心地爱着一个人,那时候,你无论如何也不愿意清醒,你甘愿戴上手铐和脚镣把自己牢牢地锁在他身上。你希望他变成一棵生了根的树,永远不会走开和倒下。他到底有什么好啊?你微笑摇头,那是你自己都不懂的一场魔幻。

有时候,我们爱的不是那个最合适的人和对我们最好的人,而是那个求而不得的人,是那个他爱我不像我爱他那么多的人。他填补了我心中的残缺,他是我遗失了的那一块拼图,找到他,我才会完整。

每个女人也许都爱过一个林方文,最后终于学会爱自己;然而,这个人在心中、在记忆里是抹不走的,他是你的青春,他是你当时年少的最壮阔的波澜。

一个非洲哈扎的男人在他拥有的那棵猴面包树里度过一生,那是他的家乡,是他的一片天地,他也许会因为他那棵猴面包树比别人的那棵更巨大而感到骄傲,一个女人又要拥有怎样的爱情才会觉得幸福?

每个女人想要的真的是幸福吗?我们渴望不平凡,却终归平凡。一个人穷尽一生去追寻的那个人和那种爱情也许是不存在的。

在世间,找到一个人,此生此世,形影相依,那多好啊,却不是每个人都那么幸运。活在这部小说里的人比较幸运,他们永远在追寻。再过三十年或是五十年,他们的生死、爱恨、苦乐与聚散依旧在上映,永不落幕。

每个读过这部小说的读者都想知道林方文是谁,他们想象林方文是某个著名的填词人,我写的就是那个人。我从来没有回答过这个问题,假如真的有林方文这个人,那么,林方文就是我。

三十年来,许多女孩子写信告诉我,她爱的男人就是林方文。这又是一场魔幻,真的有这个人吗?不但有这个人,而且不是只有一个。

他是那个可以和你共度余生的人吗?他是那个始终和你形影相依的人吗?林方文是不可靠的,你也许终究会放下他。

无论你爱的是谁,爱情有时候只是一个人孤独地追寻。

我们以为自己了解那个我们爱着的人，我们也许只是除他以外最了解他的那个人。

一个人一生中的每一段爱情不过就是写给自己的一封情书。多年以后，有的情书你早已经想不起来自己写过什么，有的情书写得很糟糕，却又无法回去把它狠狠撕碎，唯愿有一封情书值得你一再回味。

程韵和林方文有过很多个美好的除夕，他给她写了除夕之歌。他是她最爱的那一首歌，循环往复，余音不散，唱到她心里去了。爱情是共舞，有时候却也是独舞；是归乡，也是梦乡。

爱是人生最美丽也最哀伤、最真实也最魔幻的风景。曾经那么近，有一刻，却也遥远而荒凉。你会怀念那个曾为一个人甜蜜又苦涩地相信过爱情的你。当你老了，回首如梦，一切仿佛只如初见。无所谓失恋，只有聚散。一旦明白了爱情的聚散，你也就明白了人生中所有的聚散。

张小娴

二〇一九年简体版序言

二十五岁的面包树

据说面包树可以活到一千岁,能够跨过时间的茫茫浩海,比许多王朝活得更久,而我的这棵"面包树"今年刚满二十五岁,跟那些千百岁的同类相比,它就像个不谙世事的,还没开始长高的小孩子。然而,人的二十五岁却正是青春焕发、风华正茂的年纪,写《面包树上的女人》的那个我,正当年轻,没想到,一晃眼就二十五年了。

二十五年如昨,我已不再年轻,"面包树"却好像从来没有变老,它变成舞台剧,又变成电视剧,还有很多人很想把它变成电影。为什么作者老了,故事依然年轻?我着实有点妒忌它,它明明出自我的手,却更经得起岁月的风霜。

那是因为"面包树"的故事也是我们每个人的青春吧?

谁没有在年轻的时候义无反顾地相信爱情，追逐爱情，伤痕累累却不肯放手？谁没有在青春岁月里如此执迷而哀伤地爱着一个人？爱着一个捉不到的人，爱着一个让自己心碎的人。

我常常反复自问，林方文有什么好呢？他担不起程韵的那份深情，他不稳定，他不守承诺，他不止一次背叛她，可程韵为什么要死死地爱着他？为什么在痛苦和绝望的时候依然不肯后退，不肯接受那个对她更好的人？哪里会有无路可退的爱情呢？咬着牙转过去，谁说不会有另一片河山？或许，程韵也和我们一样，不是没有退路，只是不想回头，也不肯后退，害怕只要后退一步，只要稍微转身，就会失去那个人。

林方文有那么难以放下吗？直到后来，程韵已经说不出他的优点，却数得出他所有的缺点，可她还是爱他。原来，我爱你，终究跟你的好和不好无关，更多是因为无法解释的依恋和需要，也许还有心中的黑暗与残缺。

可那时候，我们并没有看到自己心中的黑暗与残缺，我们看到的只有幸福，我们告诉自己，只有和这个人在一起才会圆满，否则就是残缺。青春多好啊，就连无知与痴迷也是那么理直气壮，那一刻，爱情宛如肥皂泡般美丽，使我们一度以为它是永远的，以为它不会面对幻灭的命运。年轻的爱是那么单纯，我们都曾像个孩子那样去爱、去相信，甚至去受伤，毫无保留，完全信任，完全倚赖，从来没想过会失去。

那个简单的程韵，那个简单的你和我，只想和爱的人在一起，以为只要在一起就好，以为这样会幸福到老。可是，有多少爱，又有多少人，可以一直走到最后？

林方文一次又一次伤了程韵的心，她恨他吗？她几乎不恨他，她只恨自己无法不去爱他和想念他。当她知道他在斐济潜水失踪，她甚至祈祷，只要他活着回来，她愿意此生不再爱他，他活着就好。

她一再告诉自己，去爱别人吧，要是能够爱上对你最好的那个人，人生也许会比现在幸福。只是，曾经那么喜欢一个人，也就无法接受自己不够喜欢的人。

为什么不肯放手转身，擦干眼泪，奔向另一片河山？从今以后，自私一些，再自私一些，不要那么爱一个人，让别人来爱你不就好了吗？也不会再受伤了。可偏偏就是害怕一旦转身就会一无所有。

你并非不自由，你只是太痴心了。

痴心是弱点。一往情深，不过是自讨苦吃。可是，人有时候就是喜欢自讨苦吃。

二十五岁的时候，谁都渴望爱情。渴望爱情，就像我们都幻想过出走，幻想过逃离眼下的人生，我们想要和某个人一起过不一样的人生，他会带我们去看最遥远的地平线和最蓝的一片天空。

曾经那么渴望他方，后来才知道，每一条路，原来都是回去的路。

"面包树"里的三个女孩子，在爱情里一次又一次受伤，然后发现，成长才是女人最后的归宿。我们一生都在寻找所谓的归宿，走着走着，哭过痛过，心碎过，跌倒又爬起来，抹干泪水又再前行，才终于知道，归宿不是别人，是你自己。

万水千山，去了又回，跑了一圈，老了一双眼睛，才明白归宿是自己的事。若有下辈子，做一只自由的飞鸟，也许更胜过做一棵千百岁的老树，在那儿孤零零地盼望着风来爱你，盼望着雨水的滋养，盼望着小鸟的栖息。小鸟活不到千百岁又有什么关系？哪里会有永远呢？不过是一次又一次的聚散。

唯一的永远是那些我们喜欢过的故事,它们带着我们逃离现实人生的聚散离合,也逃过了时间的苍茫。有一天,作者和喜欢这部小说的读者都老了,故事的主角,程韵和林方文也依然活在小说里的那个年纪。当你老了,回望年少的那些日子,往事朦胧,但你会怀念那个憧憬爱情的十五岁、二十五岁,甚至三十五岁的自己。

可是,你不会想回到那个年纪,从头活一遍多累啊;但你会微笑回首曾经的深情,回首那个身不由己地渴望爱情的年少的自己。

我们追求永恒的爱情,到头来,姹紫嫣红开遍,似这般都付与断井颓垣,我们苦苦追求的东西从一开始就是不存在的。世间的一切皆无法永远新鲜与年少,爱情又怎会例外呢?又怎会有另一个平行世界可以回到初见的那天?只有当你接受爱情无法永远年少,你才能够接受它的不完美,接受它让你感到失望和挫败的那些时刻,甚至也接受它变老,变得没那么甜。

林方文在书里说:"曾经以为,所有的告别,都是美丽的。

我们相拥着痛哭，我们互相祝福，在人生以后的岁月里，永远彼此怀念，思忆常存。然而，现实的告别，却粗糙许多。"

二十五年了，我终于看出了告别如同转身。这辈子，不过就是一次一次的转身。你希望下一次转身可以洒脱些，甚至能够脸带微笑，坦然接受人生的聚散离别，可是，转身的一刻，你终究没忍住眼泪。

再过二十五年，那时我已经很老了，而面包树只有五十岁，跟它的老祖宗相比，依旧年少，要是到时候我还活着，但愿我能够写一篇五十年纪念的书序。

告别从来不易，重逢也许更需要智慧。爱情并不是人生唯一的追寻，它只是最烂漫却也最伤感的一种追寻；唯愿我们永不告别，有一天，也学会转身。

张小娴

二〇一二年简体版序言

《面包树上的女人》是我第一部小说,十八年了,往事如昨,却也是遥遥远远的昨日,许多感想,真的不知道从何说起。

这个小说一九九四年在香港《明报》每天连载,一九九五年出版成书。六年后,我先后写了《面包树出走了》和《流浪的面包树》两个续篇。这些年来,常常有读者问我,面包树的故事会不会继续写下去?我心中没有答案。

所有的故事,是不是也会有一个终结?一本书最好的结局,往往是在读者心中,而不是在创造它的人那里。写书的时候,我是这部小说的上帝,我创造它,尽我所能赋予它美丽的生命;故事写完了,我便再也不是上帝,我只是个母亲,时候到了就该放手,让这孩子自由飞翔。

面包树是我写于青春的故事,当时的技巧或许比不上现在，心愿却是单纯的，就像每个人最早的爱情，虽然青涩，甚至稚拙，却也是最真切的。它是我第一部小说，或多或少有许多我自己的故事，我无可避免把我认识的人写进书里，不懂得怎样去掩饰和保护他们，也不懂得隐藏些什么。结果，明明是虚构的故事，一旦下笔，却写了很多的自白，既是程韵和林方文的爱恨成长，也是我的成长爱恨。"青马文化"把面包树系列三部小说重新修订，陆续出版，让它再一次面对喜爱它的读者，我也再一次重温林方文和程韵之间那段从青涩走到心痛的爱情，再一次经历程韵对林方文的执迷。她为什么如此爱他？为什么情愿流着泪爱这个人也不能够微笑去接受一个永远守候着她的人？这样的爱情难道不苦吗？可是，爱情岂是可以理喻的？

我总是在想，小说跟人生有什么不同？有些小说比作者短命；另一些小说，却活得比作者长久，甚至活到千百年后，也将会活到永远。人生从来就没有小说那么传奇，那么缱绻悠长。《流浪的面包树》是二〇〇一年出版的，故事里，红歌手葛米儿患上了无药可治的脑癌，她坦然接受事实，坚持要办一场告别演唱会，用歌声告别尘世。那天晚上，唱完最后一首歌，这个虚弱的女孩独个儿回到后台，幽幽地死在化妆室里。这本书出版两年后，香港歌后梅艳芳证实患上了子宫颈癌，她同样举办了一场告别演唱会。演唱会结束没多久，她走了，留下了最后也最使人伤感的歌声。后来才读到这部小说的许多读者纷纷问我，葛米儿的故事是不是就是梅艳芳的故事？怎么可能呢？我不是先知，不会知道两年后发生的事。

若说人生跟小说不一样，小说与人生的巧合有时却会让人吃惊。面包树终归是个虚构的故事，读者却早就把它看成了真实的人生，多少年来，无数读者都问我同一个问题，他们想知道，林方文是不是就是林夕？这几年，又有许多新一辈的读者问我，林方文是不是就是方文山？也许，再过十年或是五十年，当我已经很老了，读者们也许会猜测林方文就是某个他们喜欢的写词人。终于我明白，小说与人生的不同，是人会逐渐老去，小说里的人物却永远还是那个年纪，永远不会老去。这多好啊！都说小说是为人生而写的，它填补了我们每个人的遗憾，圆满了我们的想象。

在面包树的故事里，林方文为程韵写了许多美丽的歌，面包树三部小说也是我用文字谱成的一首长歌,歌唱着灿烂的青春,为世间的相聚而唱,也为那样缠绕执拗的爱情而歌。

就请你把这一篇序当成一首短歌,我不是葛米儿,我没有动人的嗓子,这首歌,是为了新知旧雨而唱,唯愿这一曲永不落幕,就像我们拥有过的所有刻骨铭心的爱情,时日渐远,始终与记忆相伴,不曾老去。每一次回首,还是会心痛。

张小娴

⏮ 第一章 ⏭
在 那 遥 远 的 岛 国

有那么一刻,我巴不得把他藏在我的子宫里,

那是一个最安全的怀抱,他不会再受到任何的伤害。

爱情,原来是凄美的吞噬。

但愿我的身体容得下你,永不分离。

1

告诉我，最蓝最蓝的，是哪一片天空？
当我们的脚印都消失了，南极企鹅说，
是抚平雪地的那一片天空。

最蓝最蓝的天空，融在北冰洋的风浪里。
鱼这么说，鲸鱼也这么说，
天空，是浸蓝了水草，
浸蓝了遗落在那里的眼泪的天空。

在东方的草原，每一株月桂，每一株面包树，
都隔着永不相见的距离。
花果落了，每一株，还是怀抱着最浓最浓的思念，
攀向最蓝最蓝的天空。

我问你，最蓝最蓝的，是企鹅的天空，
鲸鱼的天空，还是面包树的天空？
你却回答：那里离鹰鹫最近，离烦愁最远，
是你童年的天空，是笼盖西藏的天空。

都过去了，年轻的岁月，
以为所有的离别，都只为了重逢。
当我靠近你，最后一次靠近你，
在我心里，我说，也有过一片最蓝的天空，
因为你，那年，天很高；树，绿得葱茏。

2

一九九二年除夕，我和林方文又走在一起了。只是，我也不知道，哪一天他会再一次离我而去。

那是一九九三年夏天一个下着大雷雨的晚上，他送我回跑马地黄泥涌道的家。雨很大，我们站在一棵老榕树下面避雨。我指着自己的胸口跟他说：

"我身上穿的,是一个有钢丝的胸罩。"

他用手扫了扫我湿透了的背,问我:

"那又怎样?"

"万一被雷打中了,我便会死,而我现在握着你的手,你也会跟我死在一块儿。"

"那我们岂不是变成霹雳雷电侠?"他笑着说。

"一九九七年六月三十日,香港回归祖国的前夕,我们还会在一起吗?"

"如果一会儿我们没有被雷打中的话……"他抬头望着天空。

那个时候,我没有想到,香港回归的前夕,竟也是下着像这天晚上一样大的雷雨。

"那么,一九九九年十二月三十一日,我们还会在一起吗?"我问他。

他笑了:"如果你现在愿意把身上的钢丝胸罩脱下来,我们不用死的话,也许不是没有可能的。"

每次说到这些事情,他总是不正经的。

"我可以不要你,但我要千禧年的除夕之歌。你答应过的。"

"你要歌不要人？"

"歌比人长久。"我说。

那一刻，千禧年还是很遥远的事。有时候，我不知道我们生在这个时代，是幸福还是不幸。1000年的时候，我们还没有来到这个世上；3000年的那天，我们也不可能仍然活着。年轻的我们，能够看到2000年的降临。偏偏因为有这么一个日子，我们很害怕到时候孤单一个人。

"程韵，你真是个麻烦的人。"林方文说。

"是的，我是来找你麻烦的。"我说。

"你见过面包树吗？"我问他。

他摇了摇头。

"我见过一次，在泰国。"我说，"面包树开花的时候，那花像面包，有雄花和雌花。"

"雄花和雌花？"

"是的，有雄花便有雌花。有男人便有女人。"

忽然，轰隆一声，打雷了。

"走吧！"他拉着我的手。

"还在下雨呢！"我说。

"打雷的时候站在树下，是想找死吗？我可不愿意明天的新闻说，著名填词人林放死于女朋友的一个钢丝胸罩之下。"

"你不要拉着我的手便没事了。"

"你才不会放过我。"

"如果我死了，你会哭吗？"我问。

他并没有回答我。如果我真的死了，他是不可能不流泪的吧？诀别，在我们之间，是难以想象的。

"你放过我吧！"他终于回答了。

"才不呢！"我说。

如果爱他是一种沉溺，我也许还愿意沉溺一辈子。

3

那个下雨天之后不久，林方文发掘了一个女孩子，她的名字叫葛米儿。那个时候，林方文的工作室已经拆伙了，他一个人做填词的工作，而且已经很有名气。葛米儿是毛遂自荐的。唱片公司每天都会收到许多做歌星梦的男女寄来的录音带，没有人真的会去听。一天，林方文无意中在唱片监制叶和田的办公室里看到葛米儿寄来的录音带。她的录音带跟其他人的很不一样，是放在一个椰子壳里面的。林方文这个人，最喜欢奇怪的东西。

"你想听的话，拿回去慢慢听吧！"叶和田把录音带和椰子壳一并送给了林方文。

那天晚上，林方文把椰子壳给了我。

"用来喝水也不错。"他说。

他把录音带放到唱机里，一个低沉的女声蓦地流转。唱的是林方文送给我的第一首歌——《明天》。

告诉我，我和你是不是会有明天？

时间尽头，会不会有你的思念？

在你给我最后、最无可奈何的叹息之前，

会不会给我那样的眼神——最早，也最迷乱？

深情是我担不起的重担，情话只是偶然兑现的谎言……

她的声音，是一听难忘的声音。即使只是听过一次，三十年后，你也不会忘记。我是个五音不全的人，可是，我也知道那是天籁，似乎不是属于这个世界的。

我看着林方文脸上的表情出现了奇妙的变化。他的眼睛光彩闪烁。

"这个人一定会走红。"他说。

那卷录音带上面只有一个名字——葛米儿。

"那个椰子壳呢？地址也许在椰子壳上面。"他说。

我在厨房里找到那个椰子壳。葛米儿的地址果然贴在椰子壳下面；然而，那是一个在斐济群岛的地址。她住在南太平洋一个遥远的岛屿上，怪不得她用椰子壳把歌送来了。她也许还会跳肚皮舞。

"她天生是唱歌的。"林方文说。

我对她的样子很好奇，拥有这样一个声音的女人，到底有一张怎样的脸孔呢？她唱的，又为什么偏偏是林方文写给我的第一首除夕之歌呢？后来，我才知道，那是有原因的。

4

当我终于见到葛米儿,那是她回来灌录第一张唱片之后的事。

林方文向监制叶和田推荐她。她收到唱片公司的通知,立刻从斐济赶来。下机之后,她直接从启德机场去唱片公司。虽然她的歌喉得天独厚,但她的样子毕竟有点怪,并不是传统的甜姐儿。唱片公司不敢冒险,只愿意替她推出一张迷你唱片,唱片里的五首歌,都是林方文写的。

为了替那张唱片宣传,也为了证实林方文的眼光,我约了葛米儿做访问。见面之前,我问林方文:

"她真的长得一点也不漂亮?"

"你见过猴子吗?"他问。

"一只大嘴猴。"他说。

我们相约在南湾的海滩露天咖啡座见面,我想替她拍一组有阳光和海滩的照片。

她来了。她的嘴巴的确很大。卡通片里那些整天爱哭的小孩子，每次放声大哭时，只剩下嘴巴和两颗门牙，眼睛和鼻子都消失了。葛米儿就有这么一个嘴巴，难怪她的音域这样广阔。

是的，她像猴子。她长得很高，而且很瘦，下巴长，两边脸颊凹了进去。可是，你知道猴子通常也有一双楚楚可怜而动人的眼睛。

她拥有一身古铜色的皮肤，那是斐济的阳光。她的头发却像一盘满溢了的意大利面。

这天，她穿着T恤和短裤，我看到她左脚的脚踝上有一个小小的刺青。那个刺青是莱纳斯。莱纳斯是查尔斯·舒尔茨的《花生漫画》里的主角之一。这个小男孩缺乏安全感，永远抱着一条毛毯，说话却充满哲理。

为什么不是人见人爱的史努比而是莱纳斯呢？我忘了问她。

跟葛米儿一同来的，还有一个看起来像斐济土著的男孩子。这个男孩皮肤黝黑，顶着一头弹簧似的鬈发。他长得很帅，身体强壮。跟葛米儿一样，他也是穿着T恤和短裤。

"他叫威威。"葛米儿为我们介绍。

葛米儿为什么带了一个可爱的土著来呢？威威难道是她的保镖？

"你好吗？"威威露出一口洁白的牙齿微笑说。

原来他会说流利的汉语。

"威威是中国和斐济的混血儿。他爸爸是在斐济开中国餐馆的。"葛米儿说。

我们做访问的时候，威威去游泳了。

"威威是我的男朋友，他大概会一直待在这里陪我，不回斐济了。"葛米儿说。

"很难得啊！"我说。

"是的，他说过要陪我追寻梦想。"她坦率地说。

抱着膝头坐在我跟前的葛米儿，很年轻，只有十九岁。

"收到唱片公司的通知时，我刚刚从海滩回来，身上还穿着泳衣。"她说。

"你一直都想当歌星吗？"

"我爸说，我不去唱歌的话，是浪费了上天赐给我的声音。"她充满自信。

九岁的那一年，葛米儿跟着家人从中国香港移民到斐济。

她的父母在当地开酒馆。葛米儿和她三个姊姊每天晚上在酒馆里唱歌。

"酒馆的生意好得不得了,因为大家都来听我们唱歌。"她说。

"你到过斐济吗?"她问我。

"还没有。"

"你一定要来呀!那里是一个很美丽的地方。你来斐济的话,别忘了到我家的酒馆看看。我们一家人就住在酒馆楼上,生活虽然不富裕,但我们过得很开心。"

然后,她又告诉我:"那卷录音带寄到唱片公司已经一年了,我还以为会石沉大海。"

"是的,差一点就变成这样。"

"那样我也许会在斐济的酒馆里唱一辈子的歌,偶尔跳跳肚皮舞。是什么把我从那个小岛召唤回来的呢?"

那是机缘吧?后来,我更知道,她的回来,是不可逆转的命运。

"为什么你会选《明天》这首歌?"我问她。

"我喜欢它的歌词。"葛米儿说,"我在一家中国餐馆里头一次听到这首歌的时候,刚刚和男朋友分手。听到最后的两句,我哭了。"

"那个男孩子伤了你的心吗?"

她摇了摇头:"是我要分手的。'深情是我担不起的重担',我怕别人太爱我。"

"那威威呢?"

"他不同的。我爱他多一点,你别看他那么强壮,他其实很孩子气的。"

我们谈了很久,威威还没有回来。海滩上,也没有他的踪影。

"要不要去找他?"我问葛米儿。

"不用担心,他没事的。"葛米儿轻松地说。

是的,我没有任何理由怀疑一个斐济土著的泳技。即使他不小心被水流冲上一座荒岛,他也许还可以在岛上快乐地生活一辈子。

访问差不多结束的时候,威威终于回来了。夕阳下,他刚晒黑的皮肤闪耀着漂亮的金黄色。原来,他游到一个无人的沙滩上睡着了。

访问结束了,葛米儿和威威手牵着手离开,临走时,她跟我说:

"你真幸福啊!有一个男人为你写出那么美丽的歌词。以后我要为你们把每首歌都唱出来。"

她是如此坦率而又自信。看着她和威威没入夕阳的余晖之中,有那么一刻,我不知道把他们从那个遥远的岛国召唤回来,是对的还是错的。这两个人能够适应这个城市急促的爱和恨、失望和沮丧吗?

葛米儿是幸运的,有一个爱她的男人愿意陪她到天涯海角寻觅梦想。我自己又有什么梦想呢?在日报当记者,是我喜欢的工作,可是,这也同时是我的梦想吗?林方文会愿意放下一切陪我游走天涯去追寻梦想吗?

什么是爱呢?是为了成全对方的梦想,甚至不惜隐没自己?

梦想也许是奢侈的,大部分的男女无需梦想也可以一生厮守。

葛米儿和威威会后悔回来吗?

他们还是应该留在南太平洋那个小岛上的。

5

葛米儿的唱片推出了，成绩很不错。虽然并没有戏剧性地一炮而红，对一个新人来说，总算是受到注目了。她那一个打翻意大利面似的发型和奇怪的模样，却惹来了很多批评。葛米儿似乎完全不在意。她太有自信了，才不在乎别人怎样看她，也不打算改变自己。

一天，葛米儿突然在我工作的报社出现。

"你为什么会在这里？"我纳闷。

"我是特地来感谢你为我写那篇访问的。"她说。

"不用客气。"我说的是真心话，那篇访问，有一半是为了林方文而做的。

"我和威威在西贡相思湾租了一套房子住下来，那里有海滩，方便威威每天去游泳。"她愉快地说。

这两个斐济人，终于在香港安顿下来了。威威拿的是旅游签证，不能在香港工作，他只能够陪着葛米儿四处走，或者待在家里。海滩的房子，让他们跟家乡接近了一些。

"你跟林方文什么时候有空,来我家吃饭好吗?我真的很想感谢你们。你们两个是我和威威在香港仅有的朋友。"葛米儿说。

"我问一下林方文。"

"他不来,你也要来呀!威威很会做菜的。"葛米儿热情地说。

"他常常都这么奇怪的吗?"她忽然又问我。

"你说林方文?"

"嗯,常常独来独往,好像不需要朋友。"

"他已经改变了很多,你没见过大学时期的他呢,那时候更古怪。"

"你们是大学同学吗?"

"嗯。曾经分开,又走在一起。"

"斐济的土著之间,流传着一种法术,据说女人可以用这种法术留住一个男人的心。"葛米儿说。

"是吗?是什么法术?"我好奇。

葛米儿却神秘地说:"不要贪心啦!听说,没有真正需要的人,是不应该知道这种法术的。但愿你永远用不着知道。"

我真的是像她所说的,太贪心了吗?假若世上有一种法术是可以把心爱的人永远留在身边,又有谁不想知道呢?

6

"去吃威威做的菜好吗?"我问林方文。

"斐济的菜,不会好吃到哪里去吧?"他说。

"他们可没说是做斐济的菜。威威家里是开中国餐馆的,也许是做中国菜。"

"那个土著做的中国菜一定很难吃。"

"严格来说,他不算土著。"我说。

"我猜他做的是意大利菜。"他说。

"你怎知道?"

"要不是喜欢吃意大利菜,怎可能爱上那个意大利面头?"他说。

"葛米儿很想感谢你,毕竟是你发掘她的。"

"是她自己有天分,用不着谢我。我写歌词又不是免费的。"他淡淡地说。

"我们去看看他们的房子好吗?"

"你想去的话,那我陪你去。"

我笑了。

"你笑什么?"他问。

"没什么。"我说。

林方文真的变了。从前的他,自我、孤僻又古怪。现在的他,虽然还是那么自我,但已经踏实许多了,也学会了为别人付出。我想去的地方,即使他不想去,也会陪我去。这些事情,若在以前,怎么可能呢?他变成熟,也变可爱了。然而,改变了的他,是更适应这个世界呢,还是更容易被现实伤害?

7

葛米儿和威威住在一幢两层楼高的乡村房子里。房子外面有一个小小的池塘,走路五分钟,便是海滩。这天我们过来的时候,刚好是黄昏。威威穿着围裙,从厨房走出来,兴高采烈地说:

"你们一定猜不到,我今天准备做一顿意大利菜。"

林方文真是厉害。

"我不会做菜的,我只会吃。"葛米儿说。

一团毛茸茸的小东西忽然从我脚踝旁边穿过,吓了我一跳。低下头一看,是一只淡褐色羽毛的雏鹅,它在屋子里大摇大摆地走来走去。

"是用来吃的吗?似乎还太小了。"林方文望着那只雏鹅说。

"'莫扎特'是我们刚刚养的宠物,不是用来吃的。"葛米儿连忙说。

"这只鹅叫莫扎特?"林方文问。

"威威喜欢听莫扎特。"葛米儿说。

他们竟然养一只鹅做宠物。

威威把莫扎特抱起来,怜爱地说:

"鹅是会守门的,遇到陌生人,它还会咬对方。"

他望了望莫扎特,然后说:

"当然,这要等到它长大之后。"

"它是雌鹅,将来还会下蛋。"葛米儿说。

"它下的鹅蛋,你们吃不吃?"我问。

"如果没有受精的,便可以吃。如果是受了精的,就是莫扎特的亲生骨肉,当然不能吃。"葛米儿说。

他们家好像儿童乐园,这是两个不会长大的人,永远不会长大,也许是幸福的。

威威做的意大利菜,不像意大利菜,不像法国菜,也不像中国菜,那大概是他自己改良的斐济风格的意大利菜,距离好吃的境界,还有很远很远。

"想家吗?"我问葛米儿。

"这里的生活比斐济的多姿多彩,只是,很久没潜水了,很想潜水。"她说。

"米儿是潜水教练。"威威说。

"你们会潜水吗?"葛米儿问我和林方文。

我摇了摇头。

"有机会的话,我教你们两个潜水。"

那一刻,我没有想过要学潜水,林方文也没有表现出多大的兴趣。

"你不知道斐济的海底有多么漂亮!"葛米儿的脸上,有无限神往。

"不怕危险吗？"我问。

"在那里，你会忘了危险，忘了所有烦忧。你是海里的一尾鱼儿，游向快乐。那一刻，你甚至忘了世界，也忘了自己。"葛米儿用她动人的嗓音说。

"忘了自己？也好。"林方文好像也有些向往了。

那个时候，又有谁会想到那个南太平洋上的岛国，是我断魂之地？

8

夜已深，莫扎特睡着了。它睡在一个狗窝里，因为宠物店并不卖特别为鹅而做的窝。

告别的时候，葛米儿认真地跟林方文说："谢谢你为我写的词。"

"那不算什么。"林方文淡淡地说。

离开了葛米儿和威威的家，我跟林方文说："我们去海滩好吗？不是说附近就有海滩吗？"

我们躺在那个宁静漆黑的海滩上。我说:"住海边的房子,也很不错吧?"

林方文忽然笑了起来,说:"他们把那只鹅叫作莫扎特!"

是的,刚才在葛米儿和威威面前,我们都不好意思笑。

"叫莫扎特不太好,莫扎特只活到三十五岁。"我说。

"三十五岁,对鹅来说已经是不可能的了,鹅通常活到三斤半就被吃掉!"他说着说着又笑了起来。

"葛米儿是真心感谢你的,为什么你好像不太领情?"我问。

"那几首词,真的不算什么,我不认为自己写得好。"林方文说。

"我觉得很好呀!我喜欢副歌的部分。"

我念了一遍:

  淡淡微笑,又悄悄远离,
  都明知相遇而从不相约,
  相约而从不相遇,
  千年,万年;人间,天上,

却总又会相逢一次。

"这比起我以前写的,根本不算什么。是她唱得好,不是我写得好。"他说。

"你对自己的要求太高了。"我开解他。

"每天在写,总有枯竭的一天。"他长长地叹了一口气。

"创作,总会有高潮和低谷的。"

他久久地凝望着我,说:"谢谢你。"

"我们之间,还需要这两个字吗?"

他笑了。

在海滩上散步的时候,我问他:

"你有什么梦想吗?"

"一直能够为你写除夕之歌。"他说。

我以为他的梦想应该是远大许多的。没想到,他的梦想是那么微小。

"这个梦想一点也不微小呀!是很大的一个考验。"他笑了笑。

"你又有什么梦想?"他问。

"一直听你的除夕之歌。"我说着说着,眼睛也湿润了。不知道是被他感动了,还是被自己感动了。

那是一个多么奇怪的晚上!我们笑了,又哭了,然后又笑了。岁月流逝,不变的梦想,是能够拥抱自己心爱的人,也拥抱他的微笑和哭泣。

9

有一天,当我年老,有人问我,人生的哪一段时光最快乐,也许,我会毫不犹豫地说,是十几岁的时候。那个时候,爱情还没有来到,日子是无忧无虑的;最痛苦的,也不过是测验和考试。当时觉得压力很大,后来回望,不过是那么地微小。

当爱情来临,当然也是快乐的。但是,这种快乐是要付出的,也要学习去接受失望、伤痛和离别。从此以后,人生不再纯粹。那就好比一个女人有时候会怀念她的童贞,那并不代表她不享受和她心爱的男人同床共枕。

保有童贞的岁月里,即使爱上了一个男人,也是轻盈的。

后来，当我们成为女人了，所有的爱情，也都沉重了一些，变得有分量了。这个时候，我们不仅用心，也用身体去爱一个男人。我跟这个男人，有了一点血肉的牵系。

朱迪之很早就跟她的初恋情人邓初发睡了。那个时候，我和沈光蕙简直有点嫉妒。我还没有遇上心爱的男人，还没有和他睡，我怕我会变成老处女。那时的想法多么可笑！

后来，我们都和自己喜欢的人睡了。朱迪之常常说，她只不过是比我们"早登极乐"。

这个曾经没有男人便不能活的女孩子，也有自己的梦想了。她在律师事务所当秘书，同时报读了大学的远距法律课程，已经是第二年了。一切顺利的话，还有三年，便会成为律师。她从小就想当律师，她念书时成绩也很好，后来因为拼命谈恋爱，才会考不上大学。

"要把逝去的光阴追回来。"她是这样鼓励自己的。

逝去的光阴，是可以追回来的吗？我想，过去的恋爱，无论是悠长的还是短暂的，是甜美的还是糟糕的，终究使我们变得坚强。流逝的光阴，也有它的作用。

10

这一天,朱迪之刚考完试,她约了我和沈光蕙到她家里吃饭。房子是她去年租的。一个人住,可以专心读书。她忙得很,我们相聚的时光比从前少了许多,所以,每一次见面,也格外珍惜。

沈光蕙在测量行的工作也忙,去年,她跟那个有妇之夫分手了。

男人是不是都是这样的?当那段婚姻变得沉闷了,他们会出去找一段爱情,爱得死去活来。一旦被妻子发现了,他们便会垂头丧气地回家。在选择的天平上,是从来不公平的。他们不会跟那个第三者离家出走。

沈光蕙来的时候,兴奋地问我们:"你们猜我刚才碰到谁?"

"谁?"我问。

"王燕!"她说。

王燕是我们中学时的辅导主任,她是个脸上有胡子的老处女。她自己的贞节和女学生的贞节,是她一生捍卫的东西。

"她跟一个男人在一起,态度很亲昵呢!"沈光蕙说。

"真的?"我和朱迪之不约而同地尖叫。

"那个男人还长得真不错呢!"沈光蕙恨得牙痒痒。

"会不会是男妓?"朱迪之一边做苹果沙拉一边问。

"那个男人看起来有四十几岁了,男妓没有这么老的吧?"沈光蕙说。

"你不知道有老妓吗?"朱迪之说。

"可是,"我说,"既然找男妓,总该找个年轻一点的吧?"

"老妓有老妓的长处。"朱迪之像煞有介事地说,"像王燕这座死火山,年轻的小伙子也许没办法燃烧她。"

对性的热切这方面,朱迪之是无论如何也改不了的。

"那个男人看起来不像老妓呀!"沈光蕙说,"没想到王燕也可以谈恋爱。为什么那些长得难看的女人,往往也会找到一个长得不错的男朋友?"

朱迪之一边吃沙拉一边说:

"因为她们有一种锲而不舍的精神。我们的条件太好了,我们才不肯去追求和讨好一个男人。这些女人会跟自己说:

'好歹也要结一次婚！'她们有一股无坚不摧的意志力。"

"是的，好歹也要结一次婚。"沈光蕙说。

"你想结婚吗？"我问。

"我现在连男朋友也没有，怎样结婚？结婚也是好的，成为一个男人的妻子，那么，即使他曾经爱上别的女人，始终还是会回家的。"

"我们三个之中，谁会首先结婚呢？"朱迪之问。

"是你吗？"我笑着问。

"虽然陈祺正会是一个很不错的丈夫，但我还要念书呀！在成为律师之前，我是绝对不会嫁的。"她说。

陈祺正是朱迪之现在的同学，他们交往一年多了。他是一位中学教师。跟朱迪之所有的旧情人比较，他是最好的了。朱迪之会跟一位老师恋爱，在从前是没法想象的吧？

"会不会是你和林方文？"沈光蕙说。

林方文是不会想结婚的吧？他是个宁愿拥抱自由和孤独也不愿意拥抱温暖家庭的男人。他从来没有向我求过婚。有时候，我会恨他不向我求婚。我不是要他真的跟我结婚，我只渴望他曾经有一刻想为我舍弃自由。我想听听他怎样向我求婚，那些甜蜜的话，用来留个纪念也是好的。

像林方文这样的男人，求婚时一定不会说"嫁给我吧！"或者是"让我照顾你一辈子！"这些话吧？对他来说，都太平凡了。

朱迪之脸上带着饱经沧桑的微笑说：

"陈祺正也向我求过婚，那是我们亲热时说的。有哪个男人不曾在床上对自己抱着的女人用最甜蜜的言语求过婚呢？谁又会当真呢？那不过跟爱抚一样，使性爱更加美妙。"

可是，林方文从来没有给过我这样的爱抚。真恨他呀！却又明知道他就是这样的一个人。情最深处，恨也是柔的。

11

沈光蕙并不是没有人追求。有一个男同事很喜欢她，可惜，他比她小三岁，而且从来没有谈过恋爱。

"那是小童军呀！有什么不好呢？"朱迪之说。

沈光蕙摇了摇头："我不想当童军领袖呀！"

"你喜欢他吗？"我问。

她说:"他是不错的,聪明又可爱,而且看样子也是一个很专一的人。"

"当然了,否则怎会二十几岁还没有失身。"朱迪之通常会用失身的年纪来评定一个人对感情的态度。她说,这个推断方法出错的概率非常低。譬如,一个三十岁才失身的女人,绝对不会花心到哪里。一个十六岁已经失身的男人,大家倒是要小心。

"当我三十岁的时候,他才只有二十七岁,那不是太可怕了吗?"沈光蕙说。

"是的,也许要花很多钱去买保养品才敢跟他出去呢!"我说。

"当你到了更年期,他还是壮年呢!"朱迪之说。

"说不定我会比他早死。"沈光蕙说。

"那倒是好的。"我说,"轮回再世,可以做他的女儿。"

"那要很年轻的时候死才可以呢!"朱迪之说。

我想起了韦丽丽。她是我们的同学。她是在运动会上被一个同学掷出的一块强而有力的铁饼砸中脑袋瓜而死的。那起意外,夺去了她年轻的生命。死亡,是曾经很遥远,也跟我们很接近的。她已经轮回了吗？

如果我比林方文早死，我要轮回再世，做他的女儿。我很想知道，像林方文这样的男人，会是一个怎样的父亲呢？我不要来生再跟他相爱，那还是有机会分开的。我要做他的女儿，流着他身体里的血。我要得到爸爸对女儿那份不求回报和倾尽所有的爱。而且，他永远不会离开我，直至死亡再一次把我们分开。

朱迪之说："如果陈祺正比我先死，我希望他来生做我的儿子。那么，他可以继续吃我的奶。我喜欢看着他吃奶时那副很满足的样子。"

"我应该尝试跟他在一起吗？"沈光蕙问。

"谁？"我和朱迪之异口同声地问。

"那个小童军！"沈光蕙没好气地说。

我和朱迪之忙着编那个轮回再世的故事，早已经忘了她。

朱迪之把唱盘上的唱片拿走，换了葛米儿的新唱片。她那个低沉的声音好像也在唱着一个轮回的故事。

若有永恒，为何人有限而天地独无穷？

若有不朽，为何心中烈火，敌不过强暴的风？

若有存在，为何屈辱于死亡的无可选择？

若有尊严，为何却有永恒、存在和不朽？

这首《天问》是林方文写的。

"她唱得真好！"朱迪之说。

当然了，她是林方文发掘的。

12

"你为什么不向我求婚？"在书店里，我问林方文。

他一边低下头看书，一边问我：

"你想吗？"

"不是真的要你娶我，只是好奇你会怎样向我求婚。"

"嫁给我吧！是不是这样求婚？"他的样子不知道多么轻佻。

"这么平凡，不像是你说的。"

"你真的想结婚？"

"当然不是！"我把手上的书合上。

为什么我说不呢？我不敢承认，我知道他会拒绝。

"你手上拿的是什么书？"我把他的书拿来看。

那是一本佛经。

他近来买了许多佛学的书。上个月，他买了许多关于基督教的书。再上个月，他买了很多本食谱。虽然买了那么多食谱，他可没有弄过一道菜给我吃。

他正在痛苦地找灵感。葛米儿的新唱片，他也只肯写两首歌。他不想重复自己。这几年，他写得太多了，有点累了。我可以怎样呢？我却帮不上忙。

"佛经里会有灵感吗？"我微笑着问他。

"不知道。"他说。

后来有一天，他很严肃地告诉我：

"我要去当和尚。"

"和尚？"我几乎哭了出来。

"是七日禅修。"他气定神闲地说。

"只是七日？"我松了一口气。

"是的，七日。"他一脸期待。

那是一座佛寺为善男信女举办的活动。参加者要在寺院里跟出家人一起生活七天，除了要穿僧袍和斋戒之外，也要诵经念佛，就跟僧人没有两样，只是不需要剃度。七天之后，便可以重返凡尘俗世。这种活动，每年举办一次，每一次都有好几百人参加。

"你不会真的去当和尚吧？"我问他。

"很难说呀！"他故意戏弄我。

"我要你知道，你是尘缘未断的。"我抓着他的头发说。

"这样一去，不就可以了却尘缘吗？"

"如果你真的跑去当和尚，我就要变成荡女，人尽可夫！"我警告他。

"我跑去当和尚，你不是应该去当尼姑才对吗？怎会去做荡女？"

"当尼姑太便宜你了。变成每天找男人的荡女，才是对你最大的报复。起码，你会每天内疚，每天为我诵经来减轻你自己和我的罪孽。那样的话，你虽然在寺院里，我却没有一天不在你心里。对吗？"

"你这么毒，出家的应该是你！好吧，为了你的贞节，我是不会跑去当和尚的。"

虽然他是这样说的,可是,我真害怕他会撇下我去出家。他这个人,什么怪事都做得出来。如果林方文真的跑去做和尚,了却尘缘的,不是他,而是我。

13

虽然七日禅修不用剃度,林方文还是把头发剪得很短。他说,这样更可以投入出家人的生活。

他离开我的那几天,我的生活也平淡如水。像青菜豆腐一样的日子里,我每一刻都在思念着他。他习惯吗?他会爱上那种生活吗?他会不会被一个大师点化了,从此离我而去?要是他走了,我怎么可能变成荡女呢?我骗他罢了。可是,我也不可能跟着出家。怎么可以从此跟他碰面而好像不相识呢?我做不到。

跟朱迪之见面的时候,她问我:

"有七日尼姑吗?"

"好像也有。"我说。

"那你为什么不早点告诉我?"

"你也想短暂出家吗?"

"可以趁机减肥嘛!"她说。

我听过这样一个故事。一个女人放下了一段尘缘,从台湾老远跑到印度一所寺院出家,却在那里碰到一位僧人。这两个人,原来是前世的情人,孽缘未了,双双还俗,做了夫妻。最可怜的,是那个当初为了成全她而让她出家的男人。

"两个人在一起,到底是尘缘还是孽缘呢?"我问。

"有些是尘缘,有些是孽缘,这就是人生吧!"朱迪之说。

过了一会儿,陈祺正来接我们去吃饭。

"喜欢吃什么?"陈祺正问我。

"吃素好吗?"我说。

他们两个人,同时怔怔地望着我,流露出一副可怜的模样。

"算了吧!我们去吃肉,我吃林方文的那一份。"我说。

林方文真的只去七天才好。

14

短暂出家结束的那一天,林方文从寺院回来。他瘦了一点,也苍白了。我跳到他身上,问他:

"是不是七情六欲都没有了?"

"谁说的?"他紧紧地搂着我,用舌头俏皮地舔我的鼻子和嘴巴。

我望着他。这七天来,我多么思念他。他知道吗?

"为什么不索性去七七四十九天?"我问他。

"你以为我不想吗?"

他开朗了,是已经找到了灵感吧?

他说,在寺院时,师父讲了一个佛经的故事:一个女人,因为爱上了另一个男人,所以想要离弃丈夫,于是设计诈死。她串通了别人,买了一具女子的尸体,让她丈夫相信她已经死了。

她丈夫伤心欲绝,只好把尸体火化。然而,他太爱她了,因此成天把她的骨灰带在身边,这样的深情感动了他妻子。

她离开了情夫,想要回到他身边。

那天,她悄悄地跟在丈夫的身后,叫他的名字,期待看到他既惊且喜的神情。然而,当她丈夫转过身来看到她,只是淡漠地问她:"你是谁?"

"我是你的妻子呀!"她说。

"不,我的妻子已经死了!而且是我亲手把她火化的。"她的丈夫坚定地说。

"那不是我,我根本没有死呀!"女人几乎崩溃了。他这样爱我,怎会忘记我的容貌呢?

然而,无论她怎样解释,她的丈夫终究不相信眼前的人便是妻子。

爱,是不能被试探和考验的。背叛丈夫的妻子以为她可以理所当然地安排丈夫的感情,可是,对伤心的丈夫来说,爱情或许已随谎言消逝。

爱会随谎言消逝吗?后来,我知道是会的。

15

从寺院回来之后,林方文写了好几首歌,唱片公司认为那些歌有点曲高和寡,想让他修改一下。他一个字也不肯改。他们说:"为什么不继续写以前那些歌呢?最好不要改变。"

林方文努力去突破自己,他们却嫌他太突破了。

那天晚上,他在录音室里跟叶和田吵得很厉害,我站在外面,隔着玻璃,听不到他们吵什么。林方文从里面冲出来,头也不回地走了,我连忙追上去。

他一个人走在路上,我看得见那个背影是多么地颓唐。他曾经写过的,那些感动过无数人的歌,就在那一刻,一首一首地在我心中流转。我默默地、远远地走在他后面,我不知道可以为他做些什么。我是多么地没用。

不知道这样走了多久,他忽然转过身来,微笑着问我:

"你为什么走得这么慢,老是在我后头?"

"我不知道怎样帮忙。"我说。

我多么希望我是个温柔的女人,在这个时刻,能够对他说一大串安慰的话。可惜，我从来不是。

"没事吧？"他反过来安慰我。

"你是最好的。"我告诉他。

他笑了："每个女人都认为她所爱的男人是最好的。"

"我不是盲目的。"我说。

"盲目又有什么不好呢？只要是自己所爱的人，他的一切都是好的。这种盲目，是多么幸福！人若能够盲目一辈子，也就是矢志不渝了。"

"但你的确是最好的，这方面，我不盲目。"

"我却希望自己能够盲目一点。盲目地相信自己永远是最好的，那样我才可以一直写下去，一直重复下去，不会想得那么多。"

"你愿意这样吗？"我问。

"就是不愿意。"他双手插在裤袋里，垂下了头，悲哀地说，"也许我再也不适合写歌词了。"

"谁说的？"

"不写歌词，人生还有许多事情可以做的。"他抬起头来，微笑着说。

我苦涩地笑了："为什么不是我安慰你，而是你反过来安慰我呢？"

"因为，你比较没用。"他拍了拍我的头。

林方文真的长大了。若是从前，今天晚上他会自己跑回家，忘了我在后面。他更不会堆出一张笑脸来安慰我。他是什么时候长大的呢？是在他妈妈过世之后吗？是的，我现在是他唯一的亲人了。一个长大的林方文，会不会快乐一点？

我知道他舍不得不写歌词。在那里，他找到了自己。那是他最引以为傲的事。要他放弃，他是不甘心的。

"别这样了，你看看今天晚上的月光多么漂亮。"他伸手抬了抬我的下巴，要我看看天上的月光。

那一轮圆月，在这一刻，不免有点冷漠了。

"为什么古往今来，几乎所有情人都要看月光，所有作家也都歌颂月光，用月光来谈情？"我有点不以为意地说，"天空中还有太阳、星星和云彩呀！"

"因为只有月亮才有阴晴圆缺。"

"星星也有不闪耀的时候。"

"可是，它的变化没有月亮那么多。"

"彩虹更难得呢！"

"你有权不喜欢月光的。"他拿我没办法。

"你喜欢吗？"我问他。

"喜欢。"

"那我也喜欢。"我说。

他摇了摇头："果然是盲目的。"

"你不是说一辈子的盲目也是一种幸福吗？"

"没想到你盲目到这个地步。"

"不是彻底的盲目，哪儿有彻底的幸福？"

"啊，是吗？"

"我知道为什么爱情总离不开月光了。"我说。

"为什么？"

"因为大家都是黄色的。色情呀！"

"我说不是。"

"那为什么？"

"因为月亮是所有人都无法关掉的一盏灯。它是长明灯。"

"听说，不久的将来，人类可以把死者的骨灰用火箭发射上太空，撒在月球的表面，生生不息地在太空中围绕着地球运转。"

"死了之后，才到月球漫步？是不是太晚了一点？"

"毕竟是到过月球呀！"

"如果我先死，你要把我射上月亮吗？"他露出害怕的神情跟我开玩笑。

"把你射了上去比较好。把你射了上去，那么，以后月亮也会唱歌了。把我射了上去，什么也不能做，还是跟从前的月亮一样。"

"不一样的。"他说。

"为什么不一样？"

"把你射了上去，那么，每夜的月光，就是我一个人的灯。"

"你会把它关掉吗？"

"是关不掉的。"

从那天晚上开始，我也像大部分人一样，爱上了天上的月光。每个人看到的月光，也都是不一样的吧？自己看的，跟和情人一起看的，也都是不同的。林方文的月光，跟我的月光，曾经是重叠的吗？那重叠的一部分是整片月光那么大，还是像钱币那么小？

16

有大半年的日子，林方文没有再写歌词。没有了他，每个歌手也还是继续唱的，只是没那么好听。

有一阵子，他天天躲在家里画漫画。我以为他会改行当漫画家，可是他没有。那些漫画也不可能出版，因为它们全都是没有对白的。他讨厌写字。

过了一阵子，他常常一个人在下午时分跑去教堂。我以为他要当神父了，原来他只是喜欢躺在长木椅子上，看着教堂里的彩绘玻璃。他可以在那里待一个下午。

又过了一阵子，他爱上了电影，但是，他只看动画片。

也是一个满月的晚上，我们从电影院出来。他对我说：

"童年时，我的偶像是大力水手。"

"我还以为你会喜欢那个反派的布鲁托呢。"我说。

"为什么？"

"你就是这么古怪。"

"我不喜欢他，因为他没有菠菜罐头。大力水手只要吃一口菠菜罐头,就变得很厉害了。我本来不吃菠菜的,看了《大力水手》之后,我吃了很多菠菜。"

"那个时候,我们为什么都喜欢大力水手呢?他长得一点也不英俊,几乎是没有头发的,身体的比例也很难看,手臂太粗了。"我说。

"就是因为那罐菠菜。谁不希望任何时候自己身边也有一罐神奇的菠菜,吃了便所向披靡,无所不能。"林方文说。

有哪个小孩子不曾相信世上真的有神奇的魔法,在我们软弱无助的时候拯救我们?可是,当我们长大了,我们才沉痛地知道,世上并没有魔法。

能有一种魔法,让林方文再写歌词吗?

我们走着走着,他的魔法出现了。

一辆车突然停在我们面前,两个人从车上跳了下来,是葛米儿、威威和莫扎特他们一家三口。莫扎特长大了很多,它已经不是一团毛茸茸的小东西。现在的它,超过三斤半了。这天晚上,它长长的脖子上绑着金色丝带,在威威怀里,好奇地东张西望。

"好久不见了!"葛米儿兴高采烈地拉着我和林方文。

她现在已经红了很多。人红了，连带她那个曾经受尽批评的意大利面头也扬眉吐气，许多少女都模仿她的发型。

"你们去哪里？为什么带着莫扎特一起？"我问。

"我现在去拍音乐录影带，莫扎特也出镜了。"她深情款款地抚着莫扎特的羽毛。

"那么，它岂不是成了'明星鹅'吗？"我笑了。

"是的！是的！它还会唱歌呢！"威威兴奋地说。

"不是说'鹅公喉'吗？鹅也能唱歌？"我说。

"它不是鹅公，它是鹅女。"威威跟莫扎特说，"来，我们唱歌给哥哥姊姊听。"

莫扎特抻长了脖子啼叫："呱呱呱——呱呱呱呱呱——呱呱——"

"果然很有音乐细胞，不愧叫作莫扎特。"我拍拍它的头赞美它。它的头缩了一下，很幸福的样子。

那是我最后一次见到莫扎特。

临走的时候，葛米儿问林方文：

"你还会写歌词吗？"

他大笑："是写给莫扎特唱的吗？那太容易了，只需要写

'呱呱——'"

"是写给我唱的。"葛米儿诚恳地说,"很想念你的歌词。"

林方文只是微笑,没有回答。

他们走了,我们也沉默了。

从那天晚上开始,我和林方文看到的月光也有一点不一样了。我不是大力水手的那罐神奇菠菜,我没有能力拯救他。那个魔法,在葛米儿手里。

17

当葛米儿的意大利面头被歌迷接受了,她却狠心地把它剪掉,使之变成一条一条短而卷曲的头发,活像一盘通心面。她是个偏偏喜欢唱反调的人,她也比从前更有自信了。有时候,我很佩服她。我们每一个人,几乎每天都要为自己打气,才可以离开家门,面对外面那个充满挫败的世界;她却不需要这样,好像天生就已经满怀自信。

一天,她跟唱片监制叶和田说,除了林方文的词,她不唱别的。

"不是我们不用他,是他一个字也不肯改。他写得那么古怪,不会流行的。"叶和田说。

"他是最好的。"葛米儿说。

"说不定他已经江郎才尽了,最好的日子,已经过去了。"叶和田冷漠地说。

"不,"葛米儿说,"我能够把他唱得比以前更红。"

本来是:没有林方文,也就没有她。他把她从那个遥远的岛屿召唤回来。他是她的知音。

今天是:有她,也就有林方文。她把他从那个满心挫败的世界召唤回来。她是他的知音。既出于报答,也出于欣赏。有谁会怀疑林方文是最好的呢?他只是欠缺了新的刺激。

终于,林方文抛下了他的佛经、他的漫画,还有教堂的彩绘玻璃和那些动画片,重返那个他最爱的,既令他快乐,也令他痛苦的世界。

看见他重新提起笔杆写歌词,看见他再一次拿着我很久以前送给他的那把蝴蝶牌口琴,吹出每一个音符,我的心情竟然有点激动。有那么一刻,我巴不得把他藏在我的子宫里,那是一个最安全的怀抱,他不会再受到任何的伤害。可惜,我的子宫太小了，而他也已经是大人了。

这一刻，他把头枕在我的大腿上。我问他：

"我把你放进我的子宫里好吗？"

他的脸贴住我的肚皮，问："环境好吗？"

"不错的，到现在还没有人住过。"

"要付租金吗？"

"算你便宜一点。"

"地方太小了吧？"

"那么，你变成袋鼠吧！"我说。

"袋鼠不是更大吗？"

"你可以把我放在你怀中的袋子里，你去哪里，都得带着我。"

"这样太恐怖了。"他跳起来说。

"你不愿意吗？"

"夏天太热了。"

"但是，冬天保暖呀！"

"香港的夏天比较长。"

"你是怎样也不肯把我放在口袋里吧？"

"我宁愿住在你的子宫里。"

"真的?"

"现在就住进去。"

我跳到他身上。

"你会不会爱上葛米儿?"我问他。

"我为什么会爱上她?"他露出一副不可能的神情。

"她了解你的音乐。"我说。

"她不是有威威了吗?我才不要住进葛米儿的子宫里。"他说。

林方文真的愿意长留在我身上吗?有时候,我会宁愿我们比现在年老一点。年纪大了,也没有那么多诱惑,那就比较有可能共度一辈子了。这种想法,会不会很傻?竟然愿意用青春去换取长相厮守的可能。

18

一天大清早,我在西贡市集里碰到威威。他正在买水果。俊俏可爱的他,很受摊贩欢迎。看到我时,他热情地拉着我,问我为什么会在那里出现。我告诉他,我在附近采访。

"记者的工作好玩吗?"他问。

"可以认识很多不同的人。"我说。

"有工作真好。"他说。

我差点忘记了,他在这里是不能工作的。

"葛米儿呢?"

"她出去了,今天一大清早要到电视台录影。"

"那莫扎特呢?"

"它胖了,现在有四斤半啦!可能要减肥。"

我陪着他逛市集,他又买了牛奶和面包。大家都认得他是葛米儿的男朋友,对他很友善。

"怀念斐济吗?"我问。

他重重地点了一下头:"我怀念那里所有的东西。妈妈做的菜、爸爸的烟斗味,甚至那个从前常常欺负我的同学。"

"欺负你的人,你也怀念?"

"他是我小学和中学的同学,他常常骗我的钱。"他幸福地回味着,"从前很讨厌他,现在却希望回去再被他骗钱。那里毕竟是我的故乡。"

"为什么不回去看看?"我问。

"米儿太忙了。"他的神情有点落寞。

"她在这里发展得很好呀!"

他笑得很灿烂:"是的,她现在很快乐,她可以做自己喜欢做的事。"

那一刻,我深深被威威感动了。为了自己所爱的人的快乐,他承受了寂寞,也怀抱着乡愁。望着他的背影没入拥挤的人群之中,我忽然明白,没有牺牲的爱情,算不上爱情。

后来有一天,威威在我的办公室出现,他变憔悴了。

"我是来跟你道别的。"他说。

"你要去哪里?"我问。

"回去斐济。"

"那葛米儿呢?"

"我一个人回去。"他的眼睛也红了。

"威威,到底发生了什么事?"

"没什么的,只是我不适应这里的生活。"

"真的吗?"

他低下头,良久说不出话来。

"我们去喝杯咖啡吧!"

我把他拉到报社附近的一家咖啡店。那里可以看到海。我想,在大海的旁边,他的心情会好一点。

"是不是太思念故乡了?"我问。

他摇了摇头:"我是舍不得她的。可是,我们的世界已经不一样了。"

葛米儿从一个寂寂无名的女孩子摇身一变,成为一颗明星。一点也没有改变,是不可能的吧?

"你不是答应过要陪她一起追寻梦想的吗?"我说。

"也许我想得太简单了。"悲伤的震颤。

"她知道你要走吗?"

"我们谈过了。"他笑了笑,"终于找到时间谈一谈我们之间的事了。我留在这里只会妨碍她。"

"是她说的吗?"

"不,她并不希望我走。"

"那不要走好了。"

"可是,她已经不需要我了。"

"你还爱她吗?"

"我当然爱她。"威威说着说着流下了眼泪,"但是,她已经改变了,不再是从前的她。我们在斐济的时候,生活快乐得多。"

"你是不是后悔来了这里?"

"我怎会这样自私呢?留在斐济,是埋没了她。"

"威威,你真好。"我说。

"我一点也不好。我没有才能,也不聪明,人又脆弱。"

"但你懂得爱人。"

"我也爱得不好。"他的眼泪簌簌地流下来。

"你什么时候走?"

"今天就走。"

"这么急?"

"米儿今天要工作,我们说好了,她不要来送机。我会哭的,我们从来没有分开过。"

"要我送你去机场吗?"

"不,千万不要。我害怕别离的。"

他又说:"我听人说,离开了自己的家乡,会有乡愁。然而,回去家乡之后,又会怀念那个自己住过的城市。这样的话，总共就有两次乡愁了。"

我难过得说不出话来。

"我还有一件事情要告诉你。"威威说。

"什么事？"

"我……"他红着眼睛说。

"到底是什么事？"

"我把莫扎特吃了！"

"你吃了莫扎特？！"我不敢相信。

"你一定觉得我很残忍吧？"

"你怎舍得吃它？"

"米儿舍不得让它走，我也舍不得让它留下。我走了，米儿又没有时间照顾它。把它吃进肚子里，那么，它便可以永远留在我身上。"威威一边抹眼泪一边说。

我不也是曾经想过要把自己心爱的人藏在子宫里，长留在身上的吗？爱情，原来是凄美的吞噬。但愿我的身体容得下你，永不分离。

我同情莫扎特，只是，它的主人也许没有更好的选择。它是不应该叫莫扎特的，才华横溢的莫扎特，是短命的。

告别的时刻,威威久久地握着我的手。他是舍不得的。我曾经以为,相爱的人是无论如何也不会分开的,也许我错了。当生活改变了,爱也流逝了。如果他还能够感觉到爱,他是不会走的吧?故乡是近,已然流逝的爱,却太遥远了。

19

"程韵,我刚巧在附近,你有没有时间出来喝杯咖啡?"我在家里接到葛米儿打来的电话。

我们在咖啡厅见面。架着太阳眼镜的她,看起来有点累。

"威威走了。"她说。

"我知道,临走的那天,他来找过我。"

"是吗?"她很关心。

"只是来道别。"

"你知道他吃了莫扎特吗?"

"他说了。"

"他是个野人!"伤心的语调。

"这是他可爱的地方。"我说。

"我不知道为什么会变成这样。"她哭了。

"他觉得不快乐。"我说。

"我以为他会和我分享我的一切。"

"他分享不到。不是想分享便可以分享的。"

谁不渴望分享自己心爱的人的成就和快乐呢？可是，对方的成就和快乐，有时候，却偏偏变成彼此的距离。愈是努力想去分享，愈觉得孤单。

"他走了，我很孤独。"葛米儿说。

"你慢慢会习惯的，每个人都是这样。"我忽然想起了她从前说过的话，我问她，"你不是说斐济有一种魔法可以把心爱的男人留在身边吗？"

"骗你的！如果有的话，便不会有人失恋了。"

没有失恋者的世界，会不会比现在美丽一点呢？也许不会吧？如果没有失恋，我们怎会了解爱情，我们又怎会长大？

"你想家吗？"我问葛米儿。

她点了点头："可是，我更喜欢这里。在这里，我可以做许多事情。威威本来说过要和我一起追寻梦想的。"

"他会永远怀念你的。"我说。

葛米儿终于忍不住伏在桌子上呜咽。

一个梦想把这两个人从那个遥远的地方送来,滋养着他们的爱情;然而,同一个梦想,也把他们分隔了。

威威真的如我所说的,会永远思念葛米儿吗?还是,回去斐济之后,他会娶一个女人,生一窝孩子,或者再养一窝鹅,过着另一种生活?我们总是宁愿相信,两个曾经深爱过的人,分开之后,仍然有一条绳子联系着。寂寞或失意的时候,我们会拉紧那条绳子,想念绳子另一端的人,他现在过着怎样的生活呢?他爱着谁呢?离别之后,他会不会为了让我刮目相看而更加努力?他会思念我吗?还是,这一切的一切,只是女人的一厢情愿?我们总是希望旧情人没法忘记我们,一辈子受尽思念的折磨。多么善良的女人,在这个节骨眼上,还是残忍和贪婪的。

"威威真的会永远怀念我吗?"葛米儿含着泪问我。

"会的。"我说,"直到你不再怀念他,他仍然不会忘记你。"

我同时也是说给自己听。

第二章
爱随谎言消逝了

爱对方多一点还是被对方爱多一点,

从来不是我们选择的。

我们所向往的爱情,跟我们得到的,

往往是两回事。

1

"你会不会爱上葛米儿?"我问林方文。

他望着我,没好气地说:"我为什么会爱上她?"

"她可爱呀!"我说。

"你更可爱!"他拍拍我的头。

"像土著一样的女人,不是有一种特别的吸引力吗?"我说。

"你也是土著!"

"什么土著?"

"香港土著!"他说。

这样问,是因为林方文告诉我,他要去学潜水。

"是跟葛米儿学吗?"

"是参加潜水用品店的课程,学会理论之后,还要在泳池里实习,然后才可以出海。那个时候,葛米儿便可以教我了。"

"会不会很危险?"我担心。

"每一年，溺毙的人比潜水意外死亡的人多很多。"他说。

"那是因为游泳的人比潜水的人多很多呀！"我说。

"放心吧！不会有事的。"

我没有问他为什么要去学潜水，他这个人，可以因为兴之所至而去做任何事情。只是，这一刻，我不知道他是为了兴趣还是因为葛米儿。如果威威没有离开，那该有多好！

我为什么会担心和怀疑呢？是我对他没有信心，还是这种想法根本是很正常的？对于出现在自己所爱的男人身边的任何一个稍微有条件的女人，我们总是有许多联想的。他会被她吸引吗？他会爱上她吗？一生之中，我们重复着多少次这样的忧虑？这些微小的嫉妒，本来就是爱情的本质，可以是毫无根据，也毫无理由的。

2

沈光蕙终于和比她小三岁的余平志开始交往了。她自己大概也想不到吧？还是一名中学生的时候，她爱上了比她大三十六岁的体育老师老文康；许多年后，她却爱上了一个比她年轻的男人。命运真爱开她的玩笑。

她说:"很久没有被人追求了,有一个也是好的。"

沈光蕙好像从来不会很爱一个人。这些年来,我也从来没有见过她痴痴地爱着一个男人。每一次谈恋爱,她都是有所保留的。后来,我终于了解她。当一个人曾经被爱情出卖和玩弄,怀抱着恨,那么,她唯一最爱的,只有自己了。

余平志有一个很爱下厨,也很会做菜的妈妈。她没有一刻可以闲下来,心血来潮的时候,她会做许多美食拿去给朋友品尝,沈光蕙也吃了不少,而且赞不绝口。那天晚上,沈光蕙就捧着一大盘余平志妈妈做的醉鸡,约了朱迪之一起来我家。

那是我吃过的,最美味的鸡。

"味道怎么样?"沈光蕙问我们。

朱迪之竖起大拇指说:"为了我们的幸福,你千万不要跟余平志分手。你跟他分手了,我们就再也吃不到这么美味的菜了。"

"她做的咖喱鸭比这个更好吃呢,那种味道,是我一辈子也不会忘记的!"沈光蕙说得眉飞色舞,"我怀疑我不是爱上余平志，而是爱上他妈妈做的菜！"

从前的人不是说，女人想要攻陷男人的心，首先要攻陷他的胃吗？然而，这些也许过时了。我记得我看过一段新闻，一个女孩子常常被她的厨师男友打得鼻青脸肿，终于有一次，她熬不住了，打电话报警，救护车来到，把她送去医院。

记者问她：

"他这样打你，你为什么还要跟他在一起？"

那个两只眼睛肿得睁不开的女孩子微笑着说："他做的菜很好吃，每次打完之后，他会做一道美味的菜给我吃，求我原谅他。"

这就是她爱他的理由。她也许是天底下最懂得欣赏美食的人。为了吃到最好的，她甚至甘心挨打。肚子的寂寞，比心灵的寂寞更需要抚慰。爱欲和食欲，是可以结合得如此凄美的。

沈光蕙说："他妈妈是烹饪神童，她很小的时候已经会做蛋糕。"

"说起神童，还记得我们小时候有个神童名叫李希明吗？"朱迪之问。

我怎会不记得呢？他的年纪和我们差不多。我在电视上看过他表演。他是心算神童,他心算的速度比计算机还要快,几个成年人全都败在他手上。那个时候,我不知有多么羡慕他。为什么我不是神童呢?我真的希望自己是神童,那么,我的人生便会很不平凡。

"他现在在我们律师事务所当杂工!"朱迪之说。

"不可能吧!他是神童啊!"我说。

"真的是他!他并没有变成一个不平凡的人。而且,他计算的速度也跟我差不多。"朱迪之沾沾自喜地说。

"难道他的天赋忽然消失了?怎会这样?"沈光蕙问。

一个曾经光芒四射的神童,结果成为一个平凡的人,甚至考不上高中,这个故事不是很传奇吗?我问朱迪之:

"我可以跟他做访问吗?"

"我试试看吧。他人很好的,应该没问题。"

李希明爽快地答应了我的要求,我们相约在律师事务所附近的咖啡厅见面。他来了,神情很羞涩。我对他的容貌,开始有点记忆了。这位当年我既仰慕又嫉妒的神童,已经长大了,就坐在我面前。我以为他会痛苦,然而,对于往事,他似乎并不留恋。

除了数学，李希明在其他方面的成绩并不好。他的天分，好像是在十一岁那年，不知道什么原因突然消失的。

"我爸当时带我去看了很多医生，他认为我生病了。他不能够接受我不再是神童的事实。"李希明告诉我。

"那你自己呢？会不会很难受？"

他耸耸肩膀说："做神童一点也不开心！其他小孩子会嫉妒你，而成年人却只会出题目考你。神童是没有朋友的。"

他又说："另外一位神童，不知道现在变得怎样了。"

"还有另一位神童吗？"我纳闷。

他点了点头："我们比试过的，他赢了我。因为我们是在一位数学教授家里比试，而不是在电视台表演，所以，知道的人并不多。"

"他叫什么名字？"

"韩星宇。"李希明说。

"他现在在什么地方？"

"这个我倒不知道了。"

"你记不记得那位教授的名字？"

"是莫教授，他家里有许多很美味的巧克力饼干。"他微笑着回忆。

另一个神童的人生又会是怎样的呢？当时的我，只是想把他找出来采访，跟李希明的访问放在一起。没有想到，那同时也是我的另一个故事。

3

我去拜访了莫教授，那个时候，他已经退休了，满头白发。提起韩星宇，他记忆犹新。

"那是二十一年前的事了，他是我见过的最聪明的小孩子。"莫教授戴上老花眼镜在书架上找资料。

"找到了！"他拿出一本已经发黄的记事簿，翻到其中一页。

"我把当天的情况记录下来。"莫教授说，"他在一分钟之内可以算出 3 869 893 的立方根是 157。他更能够心算出 3 404 825 447 的七次方根是 23！当时他只有八岁。他的智商绝对不会低于两百。"

"你知道他现在在什么地方吗？"

"他十一岁时跟家人移民到美国了，听说他十四岁已经考上马萨诸塞理工学院。以后的事，我就不清楚了。"

难道要到美国去找他吗？我不禁泄气。

我问莫教授："神童有什么特征？"

莫教授摘下老花眼镜，说："他们通常都拥有惊人的记忆力，而且回忆的速度极快。他们的世界是我们没法理解的。"

"那么，一个神童又为什么会突然失去神奇的力量，变成一个普通人呢？"

"这个我也不知道。也许，当一个人长大了，思想复杂了，心思不再澄明了，也就没办法像小时候那样专注了。小时候，他们是一面放大镜，看什么都比别人清晰，长大了，这面放大镜也压平了，再也没有什么特别的。"莫教授说。

然而，韩星宇毕竟比李希明幸运。他十四岁便考上大学，证明他的人生将会很不平凡，上帝特别眷顾他。

"原来在这里！我当天跟他们两个拍了一张照片。"莫教授在一堆旧资料中找到一个发黄的木相框。

相片中，站在莫教授左边的是李希明，右边的那个，便是韩星宇。他长得比李希明高一点，同样有着羞涩的神情，眼睛很大,头发有点天然卷曲。

他究竟在哪里呢?

4

我打电话到美国那边调查,结果发现,韩星宇的确是十四岁考上大学的。从博士班毕业时,他是班上最年轻的博士,而且一直也是拿奖学金的。

然而,更惊人的发现是,他在两年前已经回到了香港。

他就在香港吗?

我翻查电话簿,找不到用他名字登记的用户。他在哪里呢?难道我要登报寻找这位神童的下落吗?

那天,在律师事务所附近的咖啡厅跟朱迪之见面时,她想到一个找韩星宇的方法。

"说不定他在这两年内买卖过房子,我可以回律师事务所查一查。"她说。

"你也想知道他变得怎样了吗?"我问。

"是为了帮你写好那篇神童故事呀!当然,我也想知道另一个神童的遭遇。"

"如果让你选择，你会宁愿自己是韩星宇还是李希明？"

"那还用说？当然是韩星宇了。"

"但是，从这个角度去写的话，对李希明是不公平的。他现在很快乐，也很满足。"

朱迪之用手支着头，一边幻想一边说："对呀！韩星宇现在也许很不快乐！"

"其实，你也是神童！"我说。

她兴奋地跳了起来："是吗？是吗？这个我自己也知道。"

"你当年只有十四岁，已经开始谈恋爱，等于现在的十岁。对于性爱，你尤其有天分，你不是性爱神童又是什么？"我戏弄她。

她噘着嘴巴说："你说得太夸张了吧！千万别在陈祺正面前说我十四岁便开始谈恋爱。"

"你是怎样跟他说的？"

"我告诉他，他是我第二个男人。"

"说是第一个已经不可能了吧？"我说。

"就是呀！其实，我也没有说谎，他是我第一个爱的男人。

遇上了他，我才知道从前那些根本不是爱，不值得再提。爱一个人，你是会自爱的。读书很吃力，我曾经想过放弃；然而，我知道我要上进。他让我活得有尊严。"

她终于找到了圆满的爱情。只是，后来又有些不一样了。爱，总是有遗憾的。阴晴圆缺的，并不单单是月亮。

"你猜你会不会找到韩星宇？"朱迪之问我。

"我会找到他的！"我不知道是哪里来的感觉，我相信早晚会找到他。

"等你终于找到这个神童，他也许已经变成一个花甲老翁了。"

最好不要这样吧。

等消息的那段日子，我看了一些研究天才儿童的书，还有几本以天才儿童作为主角的小说。天才儿童似乎都是不快乐的。可是，常人不是也会不快乐吗？我想起了莫扎特，不是那只可怜的鹅，而是才华横溢的莫扎特。他死于三十五岁，也许是好的。他永远没有机会看到自己的天赋忽然有一天消失得无影无踪。到死的那一天，他还没有被贬下凡尘。上帝是厚爱他的。

5

朱迪之那边一直找不到头绪。

韩星宇不是念计算机的吗？既然他回了香港，应该也是做着和计算机有关的工作吧？神童本来就是一部有人性的计算机，有比计算机更适合他们的行业吗？我怎么没想到？

我翻查了所有计算机公司的资料，目标集中在有规模的计算机公司里。终于，我找到他了。当电话接线生说："我们这里是有一位韩星宇先生。"那一刻，我简直兴奋得跳到了半空中。

他的秘书却说：

"韩先生去了游乐场。"

难道他的心理年龄仍然停留在十岁？

我留下了我的联络方法。第二天，我接到韩星宇打来的电话，他的声音爽朗而愉快。

我直截了当地说：

"我想跟你做一个访问。"

"是关于什么的?"他问。

"神童的故事。"我说。

他在电话那一头笑了起来,爽快地答应了。我当天就来到他的办公室。

我以为神童长大了会比同年龄的人苍老。然而,站在我面前的韩星宇,一脸孩子气,彬彬有礼。就跟照片上的一样,他有一双大眼睛,只是那天然卷曲的头发不见了,也许是剪掉了。他现在是这家背景雄厚的计算机公司的总裁。我发现他是个左撇子,李希明却不是。难道善用右脑的左撇子真的比较聪明吗?

"你怎会知道我的事?"韩星宇好奇地问我。

"我见过莫教授。"我说。

"哦,莫教授他好吗?"

"他退休了,但是,他对你的印象很深呢。"

"他那里有最好吃的巧克力饼干,是他太太做的。我是为了那些饼干才去让他做实验的。"韩星宇微笑着回忆。他最怀念的,不是八岁时已经能够在一分钟之内心算出一个七位数字的立方根和一个十位数字的七次方根,而是教授太太做的巧克力饼干。

"李希明也是最怀念那些饼干。"我笑着说。

"你见过李希明吗？他现在好吗？"

"他在我朋友工作的律师事务所当杂工。十一岁那年，他的天赋突然消失了，变回一个平凡的人。"

"你的故事是要把我们两个放在一起比较吗？这样不太好。"他关切地问。

我曾经以为他会是个怪人，他的智慧却并没有使他变得无情和骄傲。

"人是没的比较的，我也不打算这样做。"我说，"李希明现在活得很快乐，他并不怀念做神童的日子。我想写的是两个被认为是天才的孩子的成长和梦想。"

"好吧！我接受你的访问。"他说。

他又问我："你是怎样找到我的？"

"那个过程很曲折。"我说。

我把寻找他的经过大致跟他说了一遍。

"两年前，我还不是在这个行业里。"他说。

"你在哪里？"

"在华尔街一家外资银行当总裁。"

"那时你只有二十七岁,你的下属会听命于一位这么年轻的总裁吗?"

他笑了:"当时我冒充三十岁。"

"为什么会跑去华尔街呢?你念的是计算机。"

"我要去了解金钱。"

"了解?"

"了解资金的运作,将来才可以做好计算机这门生意。找不到投资者的话,多么棒的梦想也是没法实现的。"

"那么,你的梦想是什么?"我问。

"我们现在正努力开发一套资讯超级公路的软件。"

所谓资讯超级公路,就是我们后来所知道的互联网。在一九九四年,互联网这个名词还没有流行起来。

"到时候,这个世界将会发生翻天覆地的变化。世界上的距离将会缩小,而知识将会是免费的。"

"那么,你想做的是……"

"网络大学。"他说,"每个人都可以在网上得到知识。"他踌躇满志地说。

"你为什么要回来香港呢？在美国发展不是更好吗？"

"我想为中国人做点事。将来，网络大学要在中国发展。"

他满怀憧憬，我却觉得惊心动魄。这是一条多么遥远的超级公路！在香港这个微小的都市里，理想是奢侈的；在我面前的这个人，却为了理想而奋斗。

"也许我会失败。"他说。

"没有理想的人生，不也是失败的吗？"我说。

"你喜欢堂吉诃德吗？"他问。

我本来想说，我上中一时读过塞万提斯的这本小说，那时我十一岁，谁知道他说：

"我六岁时第一次读《堂吉诃德》，便爱上了他。他也许是个疯子，但是，我喜欢他的精神，人有时候总要去梦想那不可实现的梦想。"

我们谈了很多关于他工作的事。末了，我问他："神童的生涯快乐吗？"

"上大学时是最不快乐的。"他说。

"为什么？"

"我十四岁上大学，所有女同学都比我大四五岁。她们把我当作小孩子，不会和我约会。"他笑着说。

"你现在的心理年龄也是二十九岁吗？"我问。

"为什么这样问？"

"你秘书昨天说你去了游乐场。"

"是的，我去想事情。"

"去游乐场想事情？"

"我童年时没有去过游乐场。"他说，"我跟其他小孩子合不来。为了证明自己与众不同，我硬说去游乐场太幼稚了。长大之后，我才知道自己失去一些什么。"

"你喜欢玩哪种游戏？"

"旋转木马。"他带着童稚的微笑说。

"我也是！"我兴奋地说。

"最好玩的是欧洲那些跟着流动游乐场四处去的旋转木马。没有固定的地址和开放时间，开车时遇上一个旋转木马，便可以立刻把车子停在一旁去玩，有一种偶遇的惊喜。"在整个访问过程中，这是我见到他最童真的一刻。

"你为什么喜欢玩？"他问我。

"我喜欢那永远不会停的感觉。"我说。

"但是，音乐会停。"他说。

"是的，那是我最失落的时候。不过，音乐一定会再响起来。"我说。

那是我喜欢旋转木马的原因，它是一片永不之地，永远不会结束，永远圆满。人生要是那样，那该有多好！

可是，人生总是要我们在遗憾中领略圆满，不是吗？我们从分离的思念中领略相聚的幸福；我们从被背叛的痛苦中领略忠诚的难能可贵；我们从失恋的悲伤中领略长相厮守的深情。

那一刻，我也没有想到，在追寻韩星宇和与他相识的过程中，我也同时偶遇了一片永不之地。

6

自从那次访问之后，我没有再见过韩星宇。后来有一天，我们又碰面了。

那天晚上，我和朱迪之一起去看电影。散场之后，我碰到也是刚看完电影出来的韩星宇。他身边还有一个短发，戴眼镜，个子小小，看上去很灵巧的女孩子，看来是他的女朋友。

他主动走过来跟我说：

"你那篇访问写得很好。"

"谢谢你。"我说。

"很感性。"他说。

我们说过再见，他匆匆地走了。

"他就是那个神童韩星宇吗？"朱迪之问我。

我点了点头。

"他的外表和谈吐跟普通人没有分别呀！"朱迪之说。

"神童长大了，也是普通人，不会变成外星人。"

"是的！虽然你说我是性爱神童，可是，我长大之后也不会有四个乳房。我还是跟其他女人一样，也会失恋。"

"他女朋友看上去也很聪明呀！"我说。

"她会不会也是神童呢？"朱迪之说。

"如果两个人都那么聪明，才不会谈恋爱呢！聪明的人，会爱自己多一点，只有笨蛋才会爱对方比爱自己更多。"

"那我们都是很笨的。"

"难道我们三个人之中，沈光蕙是最聪明的？"

"当然了！她从来不会太爱别人。"

朱迪之又问我："为什么最近总是你一个人，林方文呢？"

"他很忙呀。葛米儿的新唱片正在录音，所有的歌词都是他写的。有时间的话，他也会去潜水。"

"跟谁潜水？"

"跟葛米儿。"

"他们天天在一起，你不怕吗？"

"那是工作呀！"

虽然是这样说，我可不是一点也不担心的。

"葛米儿是聪明的还是笨的呢？"朱迪之问我。

"她不是太聪明。"

"那就糟了！"

"为什么？"

"那她会爱对方多一点，她会付出更多。"

"但她也不笨呀！"

"那更糟了！"

"为什么？"

"那就是难以捉摸了。她有时会很爱对方,有时又会很爱自己。"

"那我呢?我算不算是难以捉摸?"我问。

"你?你人这么痴心,林方文只要用一根钉子就可以把你死死地钉在墙上。"

"痴心已经不流行了。"我说。

"你从来都不是个流行人物。"她说。

"那现在流行些什么?"

"只对自己的感觉负责任,只忠于自己。"

"你跟陈祺正也是这样吗?你不是说自己很爱他的吗?你也不流行。"

"但是,我比你流行一点点。"

"葛米儿是二十岁吧?"她问。

"嗯。"

"但是,你已经二十六岁了。"

"你想说我比她老,是不是?"

"男人都喜欢年轻的女孩子。"

"二十六岁也不老。"

"总会有比我们年轻的女孩子出现。"

"也总会有比我们年轻的男人出现。"我说。

"可是，那时我们也许已经太老而难以为他们所爱了。男人却不一样，他们永远不会因为太老而不被一个年轻的女孩子爱上。"

林方文会因为葛米儿比我年轻而爱上她吗？我了解的林方文不是这样的一个人。如果他会爱上别人，那是因为他太忠于自己的感觉了，他也是一个笨蛋。

那天晚上，跟朱迪之分手之后，我并没有回家，我去了林方文那里。

他还没有回来，我趴在他的床上，抱着他的枕头，深深地思念着他的体温。爱一个人，不是应该信任他的吗？不是说爱里面没有惧怕的吗？我为什么要害怕？

午夜的时候，他回来了。

"你来了吗？"他站在床边，温柔地问我。

我站起来，扑到他身上，用我的双手和双脚紧紧地锁住他。

他被我突如其来的热情吓到了，抱着我问："你干什么？"

"你是聪明人还是笨蛋?"我问。

他没有回答我,我也没有告诉他我为什么要这样问。他的身上,有着我彻夜思念的体温。他的爱,从未缺席过。他怎会离开我呢?

7

有些女人会跟男朋友身边所有的女人刻意发展友谊。一旦大家成为好朋友,那些女人便怎么也不好意思爱上她们的男朋友。她们在男朋友的周围布下这套红外线安保系统。谁能说这不是一种深情呢?要很努力和很爱他才肯这样做的。

我也可以跟葛米儿做朋友。可是,我压根儿就不是这种人。况且,有哪个女人可以保证她的好朋友不会爱上她的男朋友呢?

没有安全感的爱,是累人的。我会因此而看不起自己。

朱迪之问我,可不可以找葛米儿到陈祺正的学校里唱歌。陈祺正任教的中学,是专门接收情绪和行为有障碍的学生的。那些学生都是来自很复杂的家庭,少一点爱心,都无法在那里教书。陈祺正却是个很受学生欢迎的老师。对着这位老师，我怎么能够说不呢？

我打了一通电话给葛米儿，她很爽快地答应了。

"我看了你写的那两个神童的故事，很有意思呀！"她在电话那一头说。

"谢谢你。"

"我也爱吃巧克力饼干，可是，我不是神童。威威做的巧克力饼干也很好吃，自从他走了以后，我就没吃过什么好东西。"

她仍然怀念着威威吗？我的心忽然笃定了。

我找她，真的是为了陈祺正吗，还是我也像那些女人一样，想跟可能成为情敌的女人做朋友？连我自己也无法确定。

葛米儿来学校唱歌的那天晚上，我和朱迪之也去了。在舞台上光芒四射的她，拥有其他女孩子没有的吸引力。她能够把林方文的歌用最完美的声音和感情唱出来，这是我永远无法为他做到的。

我坐在第一排。这天晚上，葛米儿穿了一条闪亮亮的短裤，左脚脚踝上那个莱纳斯的刺青也随着她的身体在跳动。

"她脚上有个刺青呢！是莱纳斯。"坐在我身边的朱迪之说。

"是的，是莱纳斯。"我说。

葛米儿喜欢的，就是像莱纳斯那样的男孩子吗？永远长不大，充满智慧却又缺乏安全感。我忽然害怕起来，她的脚踝上为什么不是史努比或查理·布朗呢？林方文从来不是这两个角色，他是莱纳斯。

8

一轮满月挂在天空，表演结束之后，我坐葛米儿的车子回去。她把头探出窗外，望着月光说：

"在斐济，每逢满月的晚上，人们会到海边去捉螃蟹和比目鱼，然后举行丰盛的筵席。"

"为什么要在满月的晚上？"

"因为只有在满月的晚上，螃蟹才会大批地爬到沙滩上，而比目鱼也会游到浅水的地方。"

"它们要在那里相会吗，螃蟹和比目鱼？"

"没有人知道呀！"她说。

也许，螃蟹和比目鱼都约定了自己的情人，每逢满月在沙滩上相会。它们却不知道，月亮是死亡对它们的召唤。又或许，它们不是不知道的，然而，为了见心爱的人一面，即使会死，它们也愿意冒险。

我和林方文再度走在一起的那个晚上，是一九九二年的除夕。他约了我在兰桂坊见面，我没有去。结果，他来了我家。第二天，我才知道我们逃过了一场大难。除夕的晚上，那里发生了人踩人的惨剧。许多年轻人在欢天喜地迎接新年的一瞬间，被死亡召唤了。其中一名男性死者，用血肉之躯保护着怀里的妻子。他伏在她背后，任由其他人踩在他身上。他死了，他的妻子幸存。他用自己的生命拯救了她。在那个可怕的夜晚，他的挚爱深情，在血红的地上开出了漫天的花。

我常常想，如果那个晚上我和林方文也在那里，他会舍身救我吗？有谁知道呢？每个女人都曾经在心里问过，她所爱的男人会为她死吗？不到那一刻，谁又能够保证呢？

也许，我们不应该期待那一刻的降临。我们宁愿一辈子都平安幸福，一直相信自己所爱的人会为自己舍弃生命。这样相信，已经足够了，爱情的深度，还是不要去求证的好。

9

葛米儿忽然问我：

"你见过面包树吗？"

"见过了。"我说。

她说："在斐济，到处都是面包树。我们把果实摘下来之后，会跟螃蟹、比目鱼等海鲜，一起放进土穴里烤。烤熟之后，很好吃呢！真想吃，香港没有吧？"

我笑了笑："这里只有面包和树。"

"太可惜了！"她脸上流露出失望的神情。

面包树的果实真的有那么好吃吗？葛米儿思念的，也许不是面包树，而是她的第二个故乡。威威不是说，他以后有了两次乡愁吗？

"如果回斐济的话，我带一个面包树的果实回来给你吃！

最大的果实,像一个西瓜那么大呢!"她用手比画着。

那一刻,我竟然想跟她说:"那你快点回斐济吧!最好不要再回来!"

我是多么懦弱!我没胆量去求证爱情的深度。

葛米儿说:"威威有一个朋友,就是被面包树上掉下来的果实砸死的!那是很罕见的意外呢!"

"面包树的果实有那么重吗?"我吓了一跳。

"那是千年难得一见的,巨大的果实!"她说,"那天,他与女朋友在那株面包树底下谈情说爱,一个巨型果实突然掉下来,不偏不倚地砸中了他的脑袋瓜。临死之前,他刚刚跟她说:'我会永远爱你!'没想到他说完了,就死了,那是他在这个世界上说的最后一句话。"

"死了,那便真的是永远了。"我说。

"是的。他没有机会爱别的女人了。"

"我会永远爱你!"到底是谎言,还是诅咒呢?我想起牛顿。一个月夜里,牛顿坐在一株苹果树下沉思,被一个掉下来的苹果砸中了,发现了地心吸力和万有引力定律。如果牛顿当天是坐在一株面包树下,那会不会是另一个结局?上帝多么地不公平！坐在苹果树下的，成为伟大的科学家；在面包树下信誓旦旦的，却成了一缕冤魂。上帝是叫世间男女不要相信永远的爱情吗？

"你喜欢莱纳斯吗？"我问葛米儿。

"哦，是的！《花生漫画》之中，我最喜欢他！"

"你不会嫌弃他这个人太缺乏安全感吗？"

"也许因为我太有安全感了，所以不会怕。"她说。

爱情本来就是寻找自己失落的一部分，重新结合，进而得到完整和圆满。充满安全感的人，爱上一个缺乏安全感的，就是与失落的部分重新结合吗？

我和林方文是哪一个部分结合了？

葛米儿说："我不是告诉过你斐济土著有一种法术使男人永远留在女人身边的吗？"

"你说是骗我的。"

"也不全是骗你的。"

"真的有这种法术吗？"

"那不是法术，那是一种迷信。"她说，"很久很久以前，斐济土著会为七岁以上的女童举行成人礼。所谓成人礼，就是由一位世袭的女文身师用削尖了的贝壳或木材在女童的屁股上文上图案。"

"是什么图案?"

"就像陶瓷上的花纹,都是斐济人的日常生活,例如捕鱼和飨宴。"

"那不是很痛吗?"

"是的!有些女童会彻夜惨叫,有些女童根本没法忍受。完成了成人礼的女童,嘴角会文上两个圆点或一弯新月作为记号。斐济土著相信,屁股上的刺青会让女童永远漂亮和性感,将来能够让男人对她们倾心。"

"要用屁股来交换男人的爱,那太可怕了!"我隔着裤子摸摸自己的屁股,幸好,它是滑嫩的。

葛米儿双手抱着脚踝,说:"所有的法术,都是惊心动魄的。"

是的,所有俘虏情人的法术,无一不是玉石俱焚、相生相灭的。我们用爱去换爱,用感情去换感情,用幸福去换幸福;也许换得到,也许换不到。螃蟹和比目鱼在月夜里爬上海滩,成了人们锅中的食物。如果它们没有死掉,便能够换到一个快乐的晚上。

分手的时候,葛米儿问我:"你觉得自己幸福吗?"

我微笑着点点头。

后来,我有点后悔了。幸福是不应该炫耀的。炫耀了,也许会破灭。到时候,我又用什么去换回我的幸福呢?

10

葛米儿的唱片推出了。整张唱片的歌词都是林方文写的。那些歌很受欢迎,电台天天在播。唱片的销量也破了她自己的纪录。

在庆功会上,葛米儿公开地说:

"要感谢林方文,没有他,也不会有我。谢谢他为我写了那么动人的歌词,这是我的幸福。"

林方文没有在那个庆功会上出现,他几乎从来不出席这种场合。他没去也没关系,大家都说他和葛米儿是金童玉女。

金童玉女,不是他和我吗?

在报社里看到这段娱乐新闻的那一刻,我心里充满了酸溜溜的感觉。我为他的成功而骄傲,可是,有哪个女孩子会喜欢自己的男朋友跟另一个女孩子成为金童玉女呢?这是很难接受的吧?

11

当我满心酸溜溜的时候,林方文的电话打来了。

"你在哪里?"他的声音很愉快。

听到他的声音,我却嫉妒起来了。

"不是说今天去潜水的吗?"我问。

"我在船上,一会儿就跳下去。"他说。

"那还不快点跳?"我冷冷地说。

"干吗这么快?"他笑嘻嘻地问。

"海里的鲨鱼已经很饿了!"我说。

"你希望我被鲨鱼吃掉吗?"

"求之不得。"

"你这么恨我吗?"

"恨透了!"

"为什么？"

"恨你也需要理由吗？"

"那总要让我死得瞑目！"

"恨你就是因为你太可恨！"

"你是从来没有爱过我吧？"他故意装作很可怜地问我。

"谁爱过你？"

"既然你从来没有爱过我，为什么和我睡？"

"你想知道理由吗？"

"嗯。"

"难道你自己看不出来吗？你不过是我的泄欲工具！"我笑呵呵地说。

"做了你的泄欲工具那么多年,你总会对我有点感情吧？"

"有是有的，就是对泄欲工具的感情。"

"万一我被鲨鱼吃掉了，你便连个泄欲工具也没有了。"

"那没关系，反正我已经厌倦你了。"我说。

"你怎么可以厌倦我呢？我还没有厌倦你呀！"

"那可不关我的事！首先厌倦对方的，当然是占上风了。"

"难道你不需要我吗？"

? 我们又不是金童玉女！"我故意那样说。

? 是东邪西毒吗？"

" 我没好气地说。

?"

北杏仁。"

个心呀！"他高兴地说。

毒！我根本不是你什么人！你也不是我什

！"

吗？那还不快点跳下去！"

也许你以后再也见不到我。"

悲伤地说。

电话真的挂断了。我连续打了很多次，他没有再接电话。

他真的跳下去了吗？他当然知道我是跟他闹着玩的。海里的鲨鱼却不会闹着玩。他会遇到鲨鱼吗？会有其他意外吗？我很后悔那样诅咒他。他不是我的泄欲工具。他是我的爱和欲，他不可以死。

那个时候，我不知道多么后悔跟他开那样的玩笑。他不回来了怎么办？直到黄昏，我才终于找到他。

"你在哪里？"我问他。

"在船上，刚刚从水里上来。找我有事吗？"他气定神闲地说。

"看看你有没有被鲨鱼吃掉。"

"你现在很失望吧？"

"是的，失望极了。"

"你对我真的是有欲无情吗？"

"那当然了。"

"我可以来找你吗？"

"你找我干什么？我根本不想见到你。"

"但是，我想见你。"

"你为什么要见我？"

"就是要做你的泄欲工具。"他嬉皮笑脸地说。

"我不要你。"我说。

那天晚上，他来了，脸和脖子晒得红通通的。我们并没有分离，然而，那一刻，当他安然无恙地站在我面前，我竟然有种在茫茫人海中跟他重逢的感觉。也许，曾经有千分之一或者万分之一的机会，他遇到了意外，我们便再也没法相见。我一整天惦念着他，牵肠挂肚，都是自己作的孽。女人要是诅咒自己所爱的男人，最终受到惩罚的，原来还是自己。

"你不想见我吗？"他问。

"谁要见你？"我说。

"既然不想见我，那就合上眼睛吧。"

"为什么要合上眼睛？"

"那就再也见不到我了！快点！"

我唯有合上眼睛。他拉着我的两只手腕，我的双手突然感到一阵冰凉，他把一个小小的圆球放在我手里。我睁开眼睛，看到手上有一颗风景水晶球。

"送给你的。"他说。

那不是我们童年时常常玩的东西吗？不是已经绝迹了吗？

水晶球里面嵌着海底的风景。牛奶蓝色的珊瑚礁、绿色的海藻和黄色的潜艇，在水波里漂浮。几只纸折的、彩色的鱼儿轻盈地飞舞，缓慢而慵懒，在水色里流转。水晶球里，空气便是水，明净而清澈。我小时候拥有过一个风景玻璃球，水液流波里，是古堡和雪景，雪花纷飞飘落，永远重复着。那是童年时一个美好的回忆。玻璃球里，一切景物都是永恒的，让我们遗忘了变迁。

"这个水晶球，是可以许愿的吗？"我把它放在眼前。

"你想的话，为什么不可以？"林方文说。

"为什么要送这个给我？"

"让你也看看海底的风景。"

"你看到的海底和我看到的海底是一样的吗？"

"只是没有潜艇。"

"也没有鲨鱼？"

"是的。"

"那太好了。"我说。

"那潜水员呢？"我问。

"躲起来了。"他俏皮地说。

我把水晶球从左手换到右手，又从右手换到左手，它在我手里流转。如果真的可以许愿，我要许一个什么愿望呢？是永不永不说再见的愿望吗？终于，我知道，要永不永不说再见，那是不可能的。

12

后来有一天晚上,我在铜锣湾闹市里碰到葛米儿,她在那儿拍音乐录影带。水银灯的强光把漆黑的街道照亮了,工作人员利用一辆水车制造出大雨滂沱的场景。拍摄现场围了很多人,我走到人群前面,想跟她打招呼。她正低着头用一条毛巾抹脸,当她抬头看见了我,迟疑了一会儿才走过来。

"好久不见了!"她热情地说。她的热情,却好像是要掩饰刚才的犹豫。

"拍完了吗?"我问。

"还没有呢!看来要拍到半夜。"她说。

一阵沉默之后,导演把她叫了过去。

她在雨中高唱林方文的歌,水珠洒在我身上,我悄悄地穿过人群离开了。

回家的路上,和她见面的那一幕,在我脑海里重演又重演。当她看到我的时候,为什么会有片刻的迟疑呢?她好像是在心里说:"哦,为什么要碰到她呢?"从前每次见面,我们有说不完的话题；这天晚上，我们之间，却似乎相隔了一片云海。是她太累了，还是她在回避我？

睡觉的时候，我把那个风景水晶球拿在手里，时光流水，双掌之间，有着幸福的感觉。这一切是假的吗？水深之处，是不是有我不知道的秘密？林方文说的，有彻底的盲目，才有彻底的幸福。在那个漫长而痛苦的夜晚，我多么讨厌自己是一个太敏感的人！

13

"请给我一杯草莓冰激凌。"我跟年轻的女服务生说。

这个小眼睛、圆脸的女孩子，带着粲然的微笑问我：

"在这里吃，还是带走？"

"在这里吃。"我说。

下班之后，我一个人跑到浅水湾这家麦当劳吃草莓冰激凌。平常我是不会一个人跑到这么远的地方的，而且只为了吃一杯冰激凌。可是，那天晚上，我就是想这样。

从前，我是不太爱吃甜的；然而，那段日子，我忽然爱上了甜的东西。所有甜的味道，似乎总是能够让人感到幸福吧？砒霜好像也是甜的。

童年时，我听过一个关于砒霜的故事。听说，有一个人吞砒霜自杀，临死之前，他在墙上写了一个字母 S。这个 S，到底是 sweet 还是 sour 呢？没有人知道，砒霜是甜还是酸的，永远是一个谜。也许，那个 S 并不是 sweet 或 sour，而是 smile（微笑）或者 stupid（愚蠢）。那人是含笑饮砒霜。不管怎样，我想，砒霜是甜的，否则怎会含笑而饮？所有毒药都应该是甜的。

已经是冬天了，沙滩上只有几个人，也许都是来看日落的。日已西沉，他们也留下来等待星星和月亮。

上大学时，最刺激的事便是跟林方文一起翘课来这里吃汉堡。怀着翘课的内疚，从香港大学老远地跑到浅水湾来，不过是为了吃一个汉堡。这里卖的汉堡跟市区的并没有分别；不一样的，是风景和心情。我们常常拿着汉堡和汽水在海滩上等待一个黄昏。那个时候，快乐是多么简单！

夜已深了，餐厅里，只是零零星星地坐着几对亲昵的情侣，显得我格外孤独。偶尔抬头的一刻，我发现一个女孩子跟我遥遥相对，也是一个人在吃草莓冰激凌。她看到了我，微微地跟我点了点头。

她不就是韩星宇的女朋友吗？我们在电影院外面见过。

她为什么会一个人在这里？

她身上穿着黑色裙子，旁边放着一件灰色大衣和一个黑色手提包，看起来是刚下班的样子。这一身庄重的打扮跟她手上那杯傻气的冰激凌毫不相配。那张聪颖的脸孔上，带着苦涩的寂寞，跟那天在韩星宇身边的一脸幸福，完全两样。她为什么来这里呢？原来除了我之外，还有人是特地来浅水湾吃草莓冰激凌的吗？那是怎样的心情？

我也微笑地跟她点了点头。我们并不认识，也不知道彼此的心事，素昧平生。然而，在目光相遇的那一刻，却有着相同的落寞。她是失恋了吗，还是依旧在情爱的困顿中打转？

今夜，月是弯的。我看到的月光，跟林方文看到的还是一样的吗？从前的快乐和背叛总是千百次地在我心里回荡。他是我一直向往的人。他是不是再一次欺骗我？人有想象是多么无奈！想象强化了痛苦，使痛苦无边无涯，如同我这刻看不见海的对岸。

漫长的时光里,跟我遥遥相对的那个女孩子,也和我一样,低着头沉默地吃着手里那杯早已融掉的冰激凌。当我看不见她时,她是在看我吗?我好像在她身上看到了我自己,她是不是也在我身上找到了一种同病相怜的慰藉?我们那么年轻,在这样的晚上,不是应该和心爱的人一起追寻快乐吗?为什么要流浪到这个地方,落寞至此?我们由于某种因缘际会而在这里相逢,是命运的安排吗?

最后,店里只剩下我们两个人,形影相吊。月是缺的,是要我们在遗憾里缅怀圆满的日子吗?

14

"请你给我一个汉堡。"我跟那位年轻的女服务生说。

她依旧带着粲然的微笑问我:"在这里吃,还是要带走?"

"带走的。"我说。

风很冷,我把那个温热的汉堡抱在怀里。我要带去给林方文吃,给他一个惊喜。这不是一般的汉堡,这是浅水湾的汉堡，带着浅水湾的气息和心情，也带着我们从前的回忆。

下车之后，要走一小段路才到。我愉快地走在风中，也许，待会儿他会告诉我，一切都是我自己的幻想，根本从来没有发生过。

然而，我终于知道这一切不是我的幻想。

我在那套公寓外面见到葛米儿。她穿着鸭绿色的羊毛衣和牛仔裤，身上斜挂着一个小巧的皮包，从公寓里神采飞扬地走出来，那张微红的脸带着愉快的神色。那种姿态心情不像是来探访一位朋友，而更像是探访一位情人。由于心情太愉快了，嘴巴也不自觉地在微笑，回味着某个幸福的时刻，以至跟我擦肩而过也没有来得及发现我的存在。那股在我身边飘飞的味道，竟仿佛也带着林方文的味道。

我多么渴望眼前的一切只是幻觉！然而，我发现葛米儿把身上那件鸭绿色羊毛衣穿反了，牌子露在外面，我沉痛地知道，一切都是真实的。

把羊毛衣穿反了，也许不代表什么。我也有过这样的经验，在朋友家里玩，因为觉得热而把外衣脱下来，穿回去的时候，却不小心穿反了。葛米儿也是这样吗？有谁知道呢？

我想，应该是这样吧。那又不是内衣。我又没看见她的内衣穿反了。

我打开门的时候，林方文正好站在那个小小的阳台上，他转过头来，看到我时，脸上闪过一丝愕然的神色。他站在那里干什么？是要目送别人离去吗？

"你来了吗？"他说。

我望着他的眼睛深处说："我在楼下看到葛米儿。"

"她来借唱片。"

说这句话时，他看来是多么稀松平常！然而，他的眼睛却告诉了我，他在说谎。

"是吗？"我说。

他若无其事地坐下来。

忽然，所有悲伤的感觉都涌上眼睛了。我以为林方文是我最熟知的人，结果，他却是我从不相识的人。

我了解他吗？他深爱着我吗？这一切一切，是多么遥远。

他为什么要骗我？葛米儿身上那个小皮包，根本放不下一张唱片，她的羊毛衣也没有口袋，她手上并没有拿着任何东西。

"你是不是爱上了她？"我问林方文。

"你的想象力太丰富了。"他还在否认。

"不是这么简单的吧？"我盯着他说。

而他，居然沉默了。

"你为什么要这样对我？"

他还给我的，依然是一片沉默。

"你这个骗子！"我把汉堡掷向他。

他走过来捉住我的胳膊，说："你不要胡思乱想好吗？"

我推开他，向他吼叫："你可以伤害我，但请你不要再侮辱我的智商！"

他站在那里，一句话也不说。

"你是不会为我改变的吧？"我流着泪问他。

没等他回答，我说："如果是这样，我们为什么要重新开始呢？"

爱火，还是不应该重燃的。重燃了，从前那些美丽的回忆也会化为乌有。如果我们没有重聚，也许，我会带着对他深深的思念活着，直到肉体衰朽；可是，这一刻，我却恨他。所有美好的日子，已经远远一去不可回了。

我哭着骂他："没有人比你更会说谎！什么为我写一辈子的除夕之歌，根本是骗我的！林方文，你太卑鄙了！从今以后，我不想再见到你！"

他拉着我的手求我："留下来好吗？"

我告诉他我不可以，因为我不会说谎。

我从他家里走出来，卑微地蹲在楼梯底下哀哀痛哭。为什么我爱的男人是无法对女人忠心的？我只能够接受他而无法改变他吗？

15

家里的电话不停地响，我坐在电话旁边，听着这悲伤的声音一次又一次地落空了。我竟比自己想象的坚强。也许，只有彻底的绝望，才能够换到彻底的坚强。上帝有多么仁慈！同一个人，是没法给你相同的痛苦的。当他重复地伤害你，那个伤口已经习惯了，感觉已经麻木了，无论再被他伤害多少次，也远远不如第一次受的伤那么痛了。

多少年来，我爱着的是回忆里的林方文吗？他是我在青涩岁月里的初恋，他是我第一个男人。每一次，当他伤害我，我会用过去那些美好的回忆来原谅他。然而，再美的回忆也有用完的一天，到了最后，只剩下回忆的残骸，一切都变成了折磨。

也许，我的确是从来不了解他的。

16

英文书店里那些失恋手册都印刷得非常精美，许多还配上可爱的插图。除了失恋手册之外，还有一套五十二张的失恋扑克牌，提供五十二种有效的方法，帮你度过失恋的日子。

失恋，原来也是一种商品。

为什么世上只有性商店而没有失恋商店呢？市场既然为大家提供了性爱的慰藉，也该同时提供失恋的慰藉，这才是公平的。也许，商人们太清楚了，失恋虽然是一种商品，却没有太多人会快乐地抢购。

只有我，抱着一大堆失恋手册离开，用来慰藉自己。

我没有失恋，可是，书店里也没有写给被背叛者的手册。我把书和扑克牌铺在床上，彻夜拥抱着别人的失恋经验。

这些书为失恋者提供了许多治疗的方法。譬如说：淋浴治疗。那就是穿着衣服洗澡。

我已经照做了。我穿着最喜欢的一件黑色羊毛大衣洗澡，那是我花了大半个月的薪水买的，只穿过两次。从此以后，这件只能干洗的大衣不能再穿了。破坏，原来是非常痛快的。难怪有些人会带着罪恶感去破坏别人对他的爱和信任。

然而，另一个方法却不适合我，那是情歌治疗。作者说，她会选一首悲伤的情歌跟着唱，然后放声地痛哭。发泄了，也就会好过一点。这个方法，对我是不行的。最悲伤的歌，不就是林方文写的歌吗？他曾经抚慰了多少在爱情中受创的心灵！对我，却是残忍的折磨。更何况，那些歌是葛米儿唱的。

我发觉所有的失恋手册也不约而同地提出了一个治疗方法，那就是：让它过去吧！

谁不知道这是最好的方法，可是，这是不容易做到的吧？

最后，我找到了自己的方法，那就是甜点治疗。

除了砒霜之外，我疯狂地吃甜点。吃到甜的味道时，的确有片刻幸福的感觉，反正，幸福也不过是虚幻的。

17

失恋手册建议的治疗方法，还包括友情治疗和凭吊治疗。

友情治疗一向是最有用的，朱迪之和沈光蕙陪我度过了不少艰难的时刻，我也同样陪过她们。女人之间的友情，往往是因为失恋而滋长的。

所谓凭吊治疗却悲情许多。为了一解思念的痛楚，唯有去凭吊已逝的爱。比方说：每次想起他，便在他的住处外面徘徊，回味和他在一起的时光。又比如说：趁他不在的时候，再一次来到他的家，趴在他的床上，瞻仰爱情的遗容。

我把两个治疗一起用了，只是稍微改良了一下。我要朱迪之开了陈祺正的车子陪我去相思湾。

夜里，朱迪之把车子停在路边，我们在车上守候。

朱迪之一脸疑惑地问我："你是不是走错地方了？来这里应该是找晦气吧？怎会是凭吊？"

我是来凭吊的。我要让自己死心,不再相信有复活的可能。

寒风凛冽,我们瑟缩在车上。

"不知道葛米儿什么时候才回来。"朱迪之说。

我甚至不知道她会不会回来。也许,她已经住进林方文的家了。

"她回来的时候,你会怎样?"朱迪之问我。

"我像个会找碴儿的人吗?"我说。

"所以我不明白你为什么来这里,你不会要她把男朋友还给你吧?"

"放心,这一点尊严,我还是有的。况且,不是林方文不要我,是我不要他。"

"复合还是不应该的,那就等于让对方再伤害自己。所以,我从来不吃回头草,当然,那些回头草也没有来找过我。"

她又说:"我也可以写一本失恋手册。最有效的方法,是新欢治疗。失恋之后,尽快再爱上别人,那才可以忘记从前的那一个。一个女人的情伤,是要由另一个男人来抚慰的。这是我持之以恒的方法。"

我苦笑："读了那么多治疗方法，我也快要成为专家了。"

"她是不是回来了？"朱迪之指着照后镜上的一点光线说。

那点光线愈来愈近，一辆车子缓缓地驶过来，我看见葛米儿坐在车上。那一刻，我突然很后悔自己来了，万一被她发现了怎么办？她也许会认为我是个可怜的女人，是来求她离开林方文的。然而，要逃跑也已经太迟了。

葛米儿把车停在屋外。关掉引擎之后，她从车上下来，走到后车厢拿东西。她口中一直哼着歌，两条手臂轻快地随着身体摇摆。即使是只有一个人的时候，她还是在微笑的，在告诉身边的人，她是一个沐浴在爱河中的女人。

林方文并没有因为我的离开而离开她吧？

本来我有点恨她，然而，这一刻，我不觉得她有什么可恨。我能怪她吗？要怪的话，只能怪林方文。如果他对我的爱是足够的，又怎会爱上别人？

也许，我连林方文也不应该责怪。把葛米儿从那个遥远的岛国召唤回来的，不是林方文，而是命运。第一次听到葛米儿的歌声时，林方文是和我一起听的。那个时候，我们怎会想到这个结局？这一切的一切，难道不是命运的安排吗？还有她脚踝上的莱纳斯，不就是一个警讯吗？就像电影《凶兆》里，投胎转世的魔鬼，身上不是有三个六字吗？

葛米儿把后车厢的门合上，拿着一个大包包走进屋里。屋内的灯亮起来，灯影落在纱帘上，我看见她放下了那个包包，把身上的大衣脱下来，又脱下了裙子，穿着内裤在屋里走来走去。她和林方文已经上床了吗？

在她身上，我忽然看见了林方文的影子。也许，她是比我更适合林方文的。在林方文最低谷的时候，让他重新有了斗志的，并不是我，而是葛米儿。我已经不能够为他做些什么了。我们要走的路，也许已经不一样。在一起之后分开，分开了，又走在一起，然后又分开。这样的分分合合，到底要重演多少次？也许，我们本来就是不合适的，我们也一直在勉强彼此。

屋子里的灯关掉了。朱迪之问我：

"你在等什么？"

我是来凭吊的，在情敌身上凭吊我的爱情；而我，的确因此死心了许多。

"我们可以走了。"我说。

车子缓缓地退后,离开了那条漆黑的小路,人却不能回到过去。爱情是善良的,爱情里的背叛,却是多么残忍!

18

最后的一个治疗法是:不要瞻仰爱情的遗容。看着遗容,思念和痛苦只会更加无边无涯。

我把那个风景水晶球收在抽屉里。这并不是真的水晶球,我看不见未来,它也不能再给我幸福的感觉了。何况,送这个水晶球给我时,林方文也许已经背叛了我。

读了那么多的失恋手册,似乎是没有用的,每个人的失恋,都是不一样的吧?痛苦也不一样。电话的铃声已经很久没有再响起了。我常常想,两个曾经相爱、曾经没有对方不行的人,一旦不再找对方,是不是就完了?直到老死也不相往来。谁说爱是痴顽愚昧的?爱,也可以是很脆弱的。

只是,漫长的夜里,思念依然泛滥成灾。他怎么可能不来找我呢?就这样永远不相见吗?终于,他来了。

第二章 爱随谎言消逝了

我打开门看到他时,他一定也看到了我的脆弱吧?

沉默,像一片河山横在我们中间。这是我熟悉的人吗?我们曾经相爱吗?那又为什么会弄到这个地步?

终于,我说:"你来干什么?"

他沉默着。

"如果没有话要跟我说,为什么要来找我呢?不过,我其实也不会再相信你!"我流下了眼泪。

在一片模糊里,我看见他的眼睛也是湿的。然而,我太知道了,他擅于内疚,却不擅于改过。这一次,我不会再被他骗到。

他做完七日禅修之后,不是带着一个故事回来的吗?那个故事说得对,爱会随谎言消逝。

"你走吧!我不想再见到你!"我哭着说。

他想过来搂着我,我连忙退后。

"我们根本就不应该再复合!"我抹掉眼泪说。

"你到底想怎样?"他问我。

他还问我想怎样?

"林方文,已经不是第一次了,这种事是会不断重演的。"

他可悲地沉默着。他来了，却为什么好像是我一个人在说话？是的，我在瞻仰爱情的遗容，遗容当然不会说话。我再也不能爱他了。

"我求求你，你走吧！"我说。

他站在那里，一动也不动。

"但愿我从来没有爱过你！"我哀哭着说，"请你走吧！"

我把钥匙从抽屉里拿出来还给他："这是你家的钥匙，我不会再上去了。"

"你用不着还给我。"他说。

我从他脸上看到了痛苦，然而，这一切已经太迟了。

终于，他走了。他来这里，是要给我一个拥抱吧？我何尝不思念那个拥抱？可是，我不会再那样伤害自己了。我所有的爱，已经被他挥霍和耗尽了。耗尽之后，只剩下苦涩的记忆。他用完了我给他的爱，我也用完了他给我的快乐。我对他，再也没有任何希望。一段没有希望的爱情，也不值得永存。

19

"今晚很冷呢！"沈光蕙躲在被窝里说。

我家里只有两条棉被，都拿到床上来了。朱迪之和沈光蕙是来陪我的。沈光蕙自己带了睡袍，朱迪之穿了我的睡衣和林方文留下来的一双灰色羊毛厚袜。

"你不可以穿别的袜子吗？"我说。

"你的抽屉里，只有这双袜子最厚最保暖。"她说。

"半夜醒来，看到穿着这双袜子的脚，我会把你踢到床底下的。"我说。

她连忙把一双脚缩进被窝里，说："你不会这么残忍吧？这个时候，你应该感受到友情的温暖才对呀！"

"就是嘛！"沈光蕙说，"友情就是一起受冻！幸好，我们有三个人，很快便可以把被窝睡暖。"

床边的电话响起来，我望着电话，心情也变得紧张。近来，对于电话铃声，我总是特别敏感，竟然还期待着林方文的声音。

"找我的。"沈光蕙说。

我拿起话筒,果然是余平志打来找她的。沈光蕙爬过朱迪之和我的身上,接过我手里的话筒。

她跟电话彼端的余平志说:"是的,我们要睡了。"

朱迪之朝着话筒高声说:"你是不是也要跟我们一块儿睡?"

沈光蕙把她的头推开,跟余平志说:"好吧,明天再说。"挂了电话之后,她躺下来说,"很烦呢!"

"他不相信你在这里吗?"我问。

"他嘴里当然不会这样说。如果可以在我的脚踝上装一个追踪器,他会这样做的。"

朱迪之笑着说:"谁叫你跟一个第一次谈恋爱的男人在一起?这种人太可怕了!"

沈光蕙说:"但是,他爱我比我爱他多呀!这样是比较幸福的。"

这样真的是比较幸福吗?所有处在恋爱年龄的女孩子,总是分成两派:一派说,爱对方多一点,是幸福的;另一派说,对方爱我多一点,才是幸福的。也许,我们都错了。爱的形式与分量从来都不是设定在我们心里的。你遇到一个怎样的男人，你便会谈一段怎样的恋爱。如果我没有遇上林方文，我谈的便是另一段恋爱，也许我会比现在幸福。

爱对方多一点还是被对方爱多一点，从来不是我们选择的。我们所向往的爱情，跟我们得到的，往往是两回事。像沈光蕙选择了余平志，也许是因为她没有遇上一个能够让她爱多一点的男人。幸福，不过是一种妥协。懒惰的人，是比较幸福的。他们不愿意努力去寻觅，自然也不会痛苦和失望。

而我向往的，是什么样的爱情呢？如果说我向往的是忠诚，我是不是马上就变成一个只适宜存活于恐龙时代的女人？

我拉开里边的抽屉，拿了一包巧克力出来。

"你再吃那么多的巧克力，会胖得没有任何男人爱上你。"朱迪之说。

"那也是好的。"我把一片巧克力放进嘴里。

"我们上一次三个人一起睡是什么时候？"朱迪之问。

"是排球队在泰国集训的时候。"沈光蕙说。

"那是很久以前的事了！"朱迪之说，"我记得那天晚上你说要去跟老文康睡，我们三个人还一起干杯，说是为一个处女饯行。多么荒谬！"

"是的，太荒谬了！"沈光蕙说。

"幸好，你最后也没有。"我说。

"这是我一辈子最庆幸的事。"沈光蕙说，"像他这么坏的人，为什么还没有死掉呢？"

"你真的希望他死吗？"我说。

"我太想了！那时候，我们再来干杯。"她说。

"他都那么老了！快了！"朱迪之说。

她又说："我昨天和陈祺正看电影时看到了卫安。"

卫安是她的第四个男朋友，是一名电影特技员。跟朱迪之在一起的时候，他已经有女朋友了。

"他在那部电影里演一个被男主角打得落花流水的变态色魔。他太像那种人了，编剧一定是看到了他本人才想出这个角色的！他一直都梦想成为主角，这么多年了，他仍然是个小角色。我希望他这一辈子都那么潦倒。"

她似乎怀着这个好梦便可以睡得香甜。

被窝已经变暖了。她们两个人，一个希望自己曾经喜欢的人快点死掉，一个希望自己爱过的人潦倒一生。这些都是由衷之言吗？曾经抱着深深的爱去爱一个人，后来又抱着深深的恨。如果已经忘记，又怎会在乎他的生死和际遇？

她们已经熟睡了。朱迪之的脚从被窝底下露了出来，那双袜子的记忆犹在，那是林方文去年冬天留下来的，那天很冷。她们睡得真甜，我从前也是这样的吧？

我起身去刷牙。在浴室的镜子中看到嘴里含着牙膏泡沫的自己时，我忽然软弱了。在昏黄的灯下，在那面光亮的镜子中，我看到的只是一片湿润的模糊。林方文是不会再找我的吧？他不找我也是好的，那样我再也不会心软。我不希望他死，也不愿意看见他潦倒。他在我心中，思念常驻。

第三章
风 中 旋 转 的 木 马

爱情往往否定了所有逻辑思维。

即使把全世界的天才集合在一起，

也找不到一个大家同意的答案。

1

从来没有想过，我会再遇到韩星宇，而且是在一座灯如流水的旋转木马上面。

一个法国马戏团来香港表演。表演在一个临时搭建的帐篷里举行。在帐篷外面的空地上，工作人员架起了一座流动式的旋转木马，让观众在开场之前和中场休息的时候，可以重温这个童稚的游戏。

正式演出的前一天，我以记者的身份访问了马戏团里的一名神鞭手。别人对于马戏团的兴趣，往往是空中飞人。然而，不知道为什么，我却喜欢采访神鞭手。鞭子绝技，是既严肃又滑稽的一种表演和执着。现在是手枪的年代了，可是，仍然有人用一根鞭子行走天涯，那是多么奇异！

年仅二十三岁的神鞭手是个长得俊俏的大块头，他的体重是我的一倍半。神鞭手必须有这种重量，才可以舞动那根长鞭。他的鞭子很厉害，既轻柔得可以打破一张白纸，也可以灵巧地把地上一个篮球卷到空中投篮。那根鞭子是手的延伸，一切遥不可及的东西，都变成可能了。这也是一种魔法吧？有了鞭子，便好像所向披靡，没有什么是不可以卷到怀里的，爱可以，所有想要得到的东西也可以。在马戏团里生活的人，是停留在童稚世界里的，永不苍老。可惜，他们不会收容我，我没有任何绝技。

大块头把他那一根鞭子借给我，我试着挥动了几下，怎样也无法让鞭子离开地面。看似容易的技术，半点不容易，我的手臂都酸软了。如果朱迪之在那里，她一定会说："让我来！让我来！太好玩了！太有性虐待的意味了！"

访问进行的时候，那座旋转木马刚刚搭好。由于是白天，我还看不到它的美丽。神鞭手问我："你会来玩吗？"

"会的。"我回答说。

那天夜里，当所有观众都坐在帐篷里看表演时，我踏上那座旋转木马，寻觅幼稚的幸福。玩旋转木马，还是应该在晚上的，那样它才能够与夜空相辉映。没有月亮的晚上，它是掉落凡尘的月光。

我知道我为什么喜欢旋转木马了。人在上面，在一匹飞马上，或者是一辆马车里，不断地旋转，眼前的景物交会而过，一幕一幕消逝而去，又一再重现。流动的，是外间的一切，而不是自己，光阴也因此停留了片刻，人不用长大。不用长大，也就没有离别的痛苦。

当我在木马上回首，我看见了韩星宇。他坐在一头独角兽上，风太大了，把他身上所有的东西都吹向后面，头发在脑后飞扬，外衣的领子也被吹反了。我升高的时候，他降下了；我降下来时，他刚巧又升高了。音乐在风中流转，我们微笑颔首，有一种会心的默契。

他为什么跑来这里呢？是的，他也喜欢旋转木马，尤其是流动的。我们像是两个住在音乐盒里的人，不断地旋转，唤回了往昔那些美好的日子。在光阴驻留的片刻，也许是在哀悼一段消逝的爱情。所有的失恋手册都是女人写的，难道男人是不会失恋的吗？也许，在男人的人生中，失恋太过微不足道了。韩星宇也是这样吗？在那须臾的时光里，我觉得他也和我一样，分享着一份无奈的童真。毕竟，人还是要向前看的。旋转木马也有停顿的一刻，然后，人生还是要继续。重逢和离别，还是会不停地上演。

"好久不见了。"韩星宇从旋转木马上走下来跟我说。

"你也是来看马戏的吗？"我问。

他微笑着指着身后的旋转木马说："还是这个比较好玩。"

他又说："你知道吗，我小时候很怕自己会死。"

"为什么？"

"我在书上看到一些研究资料，那些资料说，太聪明的孩子是会早夭的。"

"这是有科学根据的吗？"

"不过是一堆统计数字和一个感性的推论。"他说。

"感性的推论？"我不明白。

"太聪明的小孩子是预支了自己的智慧，所以，他也会衰朽得比较快。那堆资料害得我每天偷偷躲在被窝里哭。"他说。

"你现在不是好好地活着吗？如果可以预支一点智慧，我也想要。等到四十岁才聪明，那不是太晚了吗？"我说。

"再大一点之后，我又无时无刻不害怕自己会变成一个平凡人，再也不是什么天才。"他说。

我笑了："我可没有这种担心。小时候，我只是渴望长大。现在长大了，却又要克服身上的婴儿肥。也许，当我终于克服了婴儿肥,已经快要死了。"

他笑了起来:"没那么快吧?"

"前阵子,我在浅水湾碰见你的女朋友。"我说,"你们还在一起吗?"

"没有了。"韩星宇坦白地说。

"看得出来。"

"是她告诉你的吗?"他问。

"没有。"我说。我们甚至没有交谈,那是一种比交谈还要深的了解和同情。

"我真的不了解女人。"韩星宇无奈地说。

"你不是神童吗?"我笑他。

"女人是所有天才也无法理解的动物。"他说。

"那男人又怎样?男人既是天国,也是地狱。"我说。

他忽然笑了,好像想到别的事情上去。

他说:"我听人说过,唯一不能去两次的地方是天国。"

"是的。"我说,"我去了两次,结果下了地狱。"

分手之后复合,不就是去了两次天国吗?结果就被送到地狱去了。

帐篷外面有一个卖糖果的摊子。摊子上放着五彩缤纷的软糖，我挑了满满的一袋。

"你喜欢吃甜的吗？"他问。

"从前不喜欢，现在喜欢。"我说。

"刚刚不是说要克服婴儿肥的吗？"

"所以是怀着内疚去吃的。"我说。

他突然问我："你有兴趣加入我们公司吗？"

"我？"

"我看过你写的东西。我们很需要人才。"他说。

"太突然了，可以让我考虑一下吗？"我说。

"好的，我等你的回音。"

中场休息的时候，观众从帐篷里走出来，那座旋转木马围了许多人，变热闹了。

"你明天还会来吗？"韩星宇问。

"会的，"我说，"我明天来这里给你一个回音。"

他微笑点头，他身后那座木马在风中回转。在我对自己茫然失去信心的时候，他却给了我信心和鼓励。在目光相遇的那一刻，我找到了一份温柔的慰藉。

2

"对不起,我还是喜欢现在的工作。"我骑在白色的飞马上说。

"我明白的。"韩星宇骑在旁边的独角兽上面。

木马在风中回转,隔了一夜,我们又相逢了。我们像两个活在童话世界里的人,只要脚尖碰触不到地,一切好像都不是真实的,他也好像不是真实的。在这样无边的夜里,为什么陪着我的竟然是他呢?有他在我身边,也是好的。在这流转中,思念和眷恋的重量仿佛也减轻了。看到他的笑脸,痛苦也好像变轻盈了。至少,世上还有一个男人,愿意陪我玩旋转木马,愿意陪我追逐光阴驻留的片刻。

"你是不是特别喜欢独角兽?"我问。

"你怎么知道的?"

"你昨天也是骑独角兽。"

"是的!它比其他马多出一只角,很奇怪。"

"因为你也是一个奇怪的人?"我说。

"也许是吧。"

"我有一道智力题要问你。"我说。

韩星宇笑得前仰后合,几乎要从独角兽上面掉下来,他大概是笑我有眼不识泰山吧。

"我知道你从小到大一定回答过不少智力题,但是,这一个是不同的。"我说。

"那尽管放马过来吧!"他潇洒地说。

"好吧!听着——"我说,"什么是爱情?"

他愣怔了片刻。

木马转了一圈又一圈。

"想不到吗?"我问。

"这不算是智力题。"他说。

"谁说不是?"

"因为答案可以有很多,而且也没有标准答案。"

"所以才需要用智力来回答。"我说,"这个算你答不出来。第二题:一个人为什么可以同时爱两个人?"

"这也不是智力题!"他抗议。

"有一个,又有两个,都是数字呢,为什么不是智力题?"

他思索良久，也没法回答。

"你又输了！"我说，"第三题：爱里面为什么有许多伤痕？"

"这三题都不是智力题，是爱情题。"他说。

"那就回到第一题了：什么是爱情？"

他高举双手，说："我投降了！你把答案告诉我吧！"

"如果我知道，便不用问你。"我说，"其实，你答不出来也是好的。"

"为什么这样说？"

"一个智商两百以上的人没办法回答的问题，那我也不用因答不出而自卑了。"

"不要以为我什么都懂。"他说，"爱情往往否定了所有逻辑思维。即使把全世界的天才集合在一起，也找不到一个大家同意的答案。那个答案，也许是要买的。"

"可以买吗？在哪里买？"我问。

"不是用钱买，而是用自己的人生去买。"他说。

"也用快乐和痛苦去买。"我说。

"你出的题目，是我第一次肯认输的智力题。"他说。

我笑了起来，问他：

"你和你女朋友为什么会分手？是你不好吗？"

"也许是吧！她说她感觉不到我爱她。"他苦笑。

"那你呢？你真的不爱她？"

"我很关心她。"

"关心不是爱。你有没有每天想念她？你有没有害怕她会离开你，就像你小时候害怕自己会死？"

他想了想，说："没有。"

"那只是喜欢，那还不是爱。"

男人都是这样的吗？他们竟然分不出爱和喜欢。他们的感情从来就没有女人的那么精致，也没有丰富的细节和质感。我们在一生里努力去界定喜欢和爱。我们在两者之中，会毫不犹豫地去选择爱。我们不稀罕喜欢，也不肯只是喜欢。然而，男人却粗糙地把喜欢和爱同等看待。他们可以和自己喜欢的女人睡，睡多了，就变成爱。女人却需要有爱的感觉才可以跟那个男人睡。韩星宇的女朋友感觉到的，只是喜欢，而不是爱，所以，她才会伤心，才会离开。

"喜欢和爱，又有什么分别？"韩星宇问。

"这一题算不算是智力题？"我问他。

"在你的逻辑里，应该算是了。"他说。

对女人来说，这个问题太容易回答了。

我说："喜欢一个人，是不会有痛苦的。爱一个人，才会有绵长的痛苦。可是，他给我的快乐，也是世上最大的快乐。"

"嗯，我明白了。"他谦虚地说。

反倒是我不好意思起来了。我说得那样透彻，我又何尝了解爱情？

"你不要这样说吧，我远远比不上你聪明。"我说。

"你很聪明，只是我们聪明的方面不一样。"

"你挺会安慰人。"

"我小时候常常是这样安慰我爸妈的，他们觉得自己没法了解我。"韩星宇说。

"你这是在取笑我吗？"

"我怎敢取笑你？你出的问题，我也不会。"

"最后一道智力题——"我说。

"又来了？你的问题不好回答。"他说。

"这一题一点也不难。"我说，"我们会不会在做梦？这是一个做梦的星球。我们以为自己醒着,其实一切都是梦。"

"有谁知道现在的一切,是梦还是真实的呢?如果这是个做梦的星球,那么,说不定天际有另一个星球,住在上面的人却是醒着的,而他们也以为自己在做梦。你想住在哪个星球?"

"最好是两边走吧。快乐的时候,在那个醒着的星球上面。悲伤的时候,便走去做梦的那个星球。一觉醒来,原来一切都是梦。"我说。

"你明天还会来吗?"他问我。

"明天?"

他点了点头,微笑望着我。微笑着,带着羞涩的神情。

"会的。"我回答。

"我们现在是在哪个星球上面?"他问。

"醒着的那个。"我说。

骑在独角兽上面的他,笑得很灿烂。时光流转间,我有了片刻幸福的感觉。如果这是一次感情的邀约,我便允诺了一个开始。我从来没有怀疑过林方文对我的爱,可是,他却一再背叛我,一再努力地告诉我,爱情是不需要专一的。我曾经拒绝理解这一点，然而，这一刻，我很想知道，爱上两个人的感觉是怎样的。如果我做得到，我便不再是一个不合时宜的人了，我也能够了解他。一个人为什么不可以爱两个人呢？我仍然深深地爱着他，我也能够爱着别人。请让我相信，人的心里可以放下两份爱情、两份思念、两份痛苦和快乐。忠诚，是对爱情的背叛。

3

我知道林方文还会再来的，这是恋人的感觉，虽然这种感觉也许会随着时间流逝而变得愈来愈微弱。

离开报社的时候，已经是半夜了。林方文和他的深蓝色小轿车在报社外面等我。他从来不会放弃我，是我放弃他。认识了他，我才知道，放弃原来是因为在乎。太在乎他了，在乎得自己也没法承受，那只好放弃，不让他再伤害我。

"上车吧！"他说。

"不要！"我说。

"上车吧！"他拉着我的手。

我很想甩开他，我很想说："放手！"可是，我太累，也太想念他了。

在车上，我们默默无语。这算什么呢？希望我回去的话，起码，他要告诉我，他已经离开了葛米儿。他却什么也不说。我坐在这辆熟悉的车子上，一切如旧。这里有过我们的欢笑，可是，曾经有过的裂痕，是无法修补的吧？

"累吗？"他问我。

"你是说哪一方面？"我望着窗外，没有望他。

他沉默了。

我的手机响起，是韩星宇打来的。

"还没下班吗？"他在电话彼端问我。

"已经下班了。"我说，"现在在车上。"

"累吗？"他温柔地问我。

他竟然也是问同一个问题，我给他的答案却是不一样的。

"很累，我明天给你打电话好吗？"我说。

"那好吧。"他说。

一阵沉默之后，林方文问我：

"是谁打来的？"

我没有回答他，他也没有权利知道。

车子在寂静的公路上飞驰，朝着我家的方向驶去。到了之后又怎样呢？要让他上去吗？让他上去的话，我不敢保证我能够再把他赶走。可是，他不上去的话，我会失望吗？谁来决定去留？

我按下了车上那台音响的开关，传出来的竟然是葛米儿的歌声。林方文连忙把音响关掉。

已经太迟了吧？

他在车上听的，是葛米儿的歌。葛米儿也常常坐在这辆车子上吧？他根本没有离开她。

"不是故意的。"他解释。

既然来接我，却不拿走葛米儿的唱片，这不是太过分吗？

我到了。我不会让他上去。我从车上下来，没有跟他说再见，没有回望他一眼，奔跑着回家。他没有追上来。对于自己的疏忽，他是应该感到羞愧的，怎么还有勇气追上来？

本来要心软了，却心血来潮按下音响的开关，结果像掷骰子一样，那首歌决定了我的去留。我死心，却又不甘心。他明明是属于我的，为什么会多了一个人？也许，他根本从来就没有属于我，是我一厢情愿罢了。

按下音响的开关，也是由于恋人的感觉吧？我多么害怕这种常常灵验的感觉！

我脱下了身上的衣服，光着身子爬进被窝里，也把电话拉进被窝里。

"你还在公司里吗？"我问韩星宇。

他在电话那一头说："是的。你已经回家了吗？"

"嗯，你也不要太晚了。"我说。

"已经习惯了。"

他又问我："为什么你的声音好像来自一个密封的地方？"

"我在被窝里，这里漆黑一片。"

"为什么躲在被窝里？"

"这儿是我的堡垒。"我说。

心情极度沮丧的时候，我便会这样。不洗脸，也不刷牙，一丝不挂地爬进被窝里哭泣。半夜醒来的时候，心情便会好多了。这是我自己发明的被窝治疗。

"是不是有什么不开心的事？"他问。

"不，只是今天太累了。"

"被窝里的空气是不流通的。"他说。

"放心吧！我会把头伸出去吸气。"我吸了一口气，又缩进被窝里。

我说："我小时候很怕黑的，现在不怕了。你呢？你怕黑吗？"

他笑了："不是告诉过你吗？我那时不怕黑，我怕死。"

我不知道怕死的感觉是怎样的，是不是就像害怕离别？我们曾经害怕的事情，到了后来，我们也许不再害怕了，也没的害怕。

"智力题——"我说。

"又来了？"

"很容易的。你喜欢我吗？"

"嗯。"他重重地回答。

他的那一声"嗯"，好像长出了翅膀，飞过了黑夜，翩然降临在我的肩膀上。

第二天，韩星宇告诉我，我昨天晚上在电话里说着说着，然后不再说话了。后来，他听到我的梦呓，想是因为太累而睡着了。那到底是我的梦呓还是哭声？我也忘记了。

4

"你今天几点钟下班？"林方文在电话那一头问我。

"你找我有事吗？"

"我来接你好吗？"

"我们还有必要见面吗？"

"我有话要跟你说。"他坚持。

我沉默了良久，终于说：

"九点钟吧。"

为什么还要见他呢？想听到什么话？想得到什么答案？是不甘心把他让给葛米儿吗？我明白了，既然他可以爱两个人，我为什么不可以？我不是已经打算这样去了解他了吗？我会回去，然而，从今以后，我不会再那么笨了。我的心里，也会同时放着另一个男人。这个游戏，我也可以玩。

在林方文来接我之前，那个掷骰子游戏竟然重现了一次。忙了一整天，终于有时间翻开当天的报纸，娱乐版上，斗大的标题写着——"我爱他"，旁边是葛米儿的照片。她被记

者问到她和林方文的恋情,她当着所有人,笑得很灿烂地说:

"我爱他!"

每一份报纸的娱乐版都把这段爱的宣言登出来了。她是这样率真和坦白,她公开地用爱认领了她的莱纳斯。

她爱他,那我呢?似乎我已经被剥夺了爱他的资格。我的尊严和我最后的希望也同时被他们剥夺了。

从报社出来的时候,林方文靠在他那辆小轿车旁边等我。

"你吃饭了没有,要不要找个地方吃饭?"他说。

"你要跟我说的,就是今天报纸上的事情吗?"我问。

他沉默了。

"还是她比较适合你,你现在不是比以往任何时候都更好吗?"我哽咽着说。

"对不起……"他说。

"你不用道歉。一个病人用不着为他的病向别人道歉。你是有病的,你没法对一个女人忠诚。"

我久久地望着他,原来,我没法像他,我没法爱两个人。

"我们找个地方坐下来再说好吗?"他说。

"好的,我来开车。"我摊开手掌,向他要车钥匙。

他犹豫了。

"给我钥匙,我想开车。"我说。

他终于把钥匙放在我手里。接过了钥匙,我跳上停在路旁的一辆出租车,关上门,跟司机说:

"请快点开车。"

林方文呆站在那里,眼巴巴地看着出租车离开。我从来没有这样对他,我一向对他太仁慈了,我现在只想报复。

车子驶上了公路。风很大,他怎样回家呢?

"请你回我刚才上车的地方。"我跟司机说。

"回去?"司机问。

"是的。"

车子终于开回去了,林方文仍然站在那里。看见了车上的我,他脸上流露着喜悦和希望。我降下车窗,把手上的车钥匙丢给他。他接不住,钥匙掉在地上,他弯腰捡起它。

"请你开车。"我跟司机说。

林方文站起来,遥遥望着我。车外的景物,顷刻之间变模糊了,往事一幕一幕地消逝。车子从他身边驶过的时候,我仿佛也看见他脸上的无奈。我以为我可以学习去爱两个人,也可以和别人去分享一个人,原来我做不到。如果不是全部,我宁愿不要。

当他捡起地上的车钥匙的那一刻,他会发现,那里总共有两把钥匙。另外的一把,是他家的钥匙,那是我一直放在身边的。上一次,他不肯把它收回去;这一次,他没法再退回来给我了。

5

世上是没有完美的爱的吧?

黄昏的咖啡厅里,朱迪之告诉我,她也有了第三者,对方是律师事务所的同事孟传因。她一直背着陈祺正和孟传因交往。

"为什么现在才告诉我?"我惊讶地问。

"因为你是我最好的朋友,我反而不知道怎么开口。不知道怎么面对自己的好朋友,我对你说过我很爱陈祺正的,没想到自己还可以爱上别人,我太坏了!"她的眼睛红了。

"你已经不爱陈祺正了吗?"

"不，我仍然很爱他。"

"那你为什么还可以爱别人？"我不明白。

"原来一个人真的可以爱两个人。"她说。

"你和林方文是一样的。"我生气地说。

"是的，我能够理解他。"

"为什么可以爱两个人？"

"也许是为了追寻刺激吧！"

"我认为是爱一个人爱得不够。"我说。

她说："世上根本没有完美的人，一个人不可能完全满足另一个人。人是有很多方面的。"

"你的心里，放得下两份爱和思念？"

"放得下的。"

"你不怕陈祺正知道吗？"

"当然不能够让他知道。"

"那为什么还要这样做？"

她笑了："也许我想被两个男人疼爱吧。"

"如果一定要选择一个，你会选哪一个？"

她任性地说："我不要选！我希望那一天永远不要降临！"

这也是林方文的心声吧？原来他们是没法选择其中一个的，他们只会逃避。

"和你们相比，我真的太落伍了。"我说。

"只是你没有遇上罢了！"她说，"一旦遇上了，也不是你可以选择的。"

"孟传因知道你有男朋友吗？"我问。

"嗯。他们见过面。"

"那他为什么又愿意？"

"程韵，"她语重心长地说，"最高尚的爱不是独占，你的占有欲太强了。"

"好像反倒是我错了！"我不甘心地说，"希望对方专一，这也是占有欲吗？你是说这样的爱不够高尚，出卖别人，才是高尚的？"

"也许我不应该用'高尚'两个字来形容，可是，能够和别人分享的那个，也许是爱得比较深的。"

"你和林方文真的应该组织一个'背叛之友会'，你们才是最懂得爱的人！"我说。

"算了！我不跟你争论！"她低下头喝咖啡。

我在生她的气吗？也许，我是在生自己的气。我讨厌自己的占有欲，我讨厌自己太死心眼了。太死心眼的人，是不会幸福的。

她沉默了很久，终于说：

"我每天都被自己的内疚折磨。"

"那为什么还要继续？"

"因为没有办法放弃，唯有怀着内疚去爱。"她苦笑。

怀着内疚的爱，是怎样的一种爱？但愿我能够明白。

"你和韩星宇怎样了？"她问。

然后，她又说："快点爱上一个人吧！爱上别人，便可以忘记林方文。新欢，是对旧爱最大的报复，也是最好的治疗。"

可是，我没办法那么快便爱上一个人。

"韩星宇比林方文好得多呢！"她说。

"你竟然出卖林方文？你们是'背叛之友会'的同志呀！"我说。

她摇了摇头，说："希望你快点找到幸福，就是怕再嗅到这种失恋女人的苦涩味。"

我嗅嗅自己的手指头，说：

"真的有这种味道吗？"

她重重地点头，说："是孤独、带点酸气、容易动怒，而又苦涩的味道。也许是太久没有被男人抱过了。"

她依然脱不了本色。

"所以，还是快点找个男人抱你吧！抱了再说。"她说。

她说得太轻松了。要让一个人抱，是不容易的，那得首先爱上他。要爱上一个人，更不容易。

6

很晚下班的韩星宇，也顺道来接我下班。

再见到他，我有点尴尬。那天晚上，我为什么会问他喜不喜欢我呢？是身体疲乏不堪以致心灵软弱，还是想向林方文报复？

他伸手在后座拿了一盒东西放在我怀里，说：

"要吃吗？"

"什么来的？"

"是甜的，你可以怀着内疚去吃。"他说。

我打开盒子看看，里面放着几个小巧的蛋糕，应该是蛋糕吧？它们的外形有点像埃及艳后的头，中间凹了进去，外面有坑纹。我从来没吃过这种蛋糕。金黄色的外皮，有如橡皮糖，里面却柔软香甜，散发着肉桂和白兰地的香味。

"好吃吗？"韩星宇问。

"太好吃了！这是什么蛋糕？"

"Cannelé（可露丽），"他说，"一般要在法国的波尔多地区才吃得到。"

"那你是在哪里买的？"

"秘密！"他俏皮地说。

后来，我知道，这种法国著名酿酒区的甜点是在崇光百货地下室的面包店里买的，只有那个地方才有。韩星宇常常买给我吃，他自己也喜欢吃。忽然爱上甜点，是因为悲伤，也是想放弃自己的身体，吃到了他买的 Cannelé 后，我不再吃别的甜点了。没有一种甜的回忆，比得上这个古怪的东西。

"跟莫教授太太做的巧克力饼干比怎么样？"我问。

"回忆是没的比较的。回忆里的味道，是无法再找到的。"

韩星宇说。

他说得对。林方文有什么好处呢？我为什么没法忘记他？原来，他是我回忆的全部。或许有人比他好，他却是我唯一的初恋，是余生再也无法找到的。

"那天晚上，你真的听到我的梦呓了吗？"我问。

"嗯。"

"我说了些什么？"

"你说：'智力题……智力题……智力题。'"他笑着说。

"胡说！如果是梦呓，哪儿有可能听得这么清楚？我还有没有说什么秘密出来？"

"不可告人的？"他问。

"嗯。"我点点头。

"不可告人的，好像没有。"

"真的没有？"

"没有。"他微笑着摇了摇头。

"那就是没有了。"我说。

曾经问他喜不喜欢我，也可以当作梦呓吗？我们似乎已经认同了，做梦时说的话，是不算数的。可是，说过的话和听到的答案，是会长留心上的吧？

"你会下围棋吗？"我问。

"我十岁的时候，已经跟我爸对弈过了，而且赢了他，从那天开始，未逢敌手。"

"那你为什么不继续？说不定会成为棋王呢。"

"棋王太寂寞了。"

"整天对着一台电脑，不也是很寂寞吗？"

"通过计算机，可以跟许多人联系，工作时也有伙伴。然而，下棋的人，只有对手。"

"你可以教我围棋吗？"

"你想学吗？"

"世界棋王傅清流会来香港，编辑要我访问他，但是，我对围棋一窍不通。"

"他什么时候来？"

"三天之后。"

"围棋博大精深，只有三天，不可能让你明白。"

"你不是神童吗？"

"我是。"

"那就是啊!"

"但你不是。"他笑着说。

"哼!我又不是要跟他比赛,我明白其中的道理就够了。"

"围棋的道理很简单。"他说。

"简单?"我不禁怀疑。

"简单的东西,偏偏是充满哲理的。每个擅棋的民族,都有不同的风格。韩国人亦步亦趋,日本人计算精密,中国人大而化之。傅清流的布局,是以虚幻莫测见称的。"

"你说得像武侠小说一样,我愈来愈不懂了,怎么办?"我焦急起来。虽然说这个访问不是光谈围棋,然而,对方既然是棋王,我不理解围棋,似乎不太好。

"你的访问是几点钟开始的?"韩星宇问。

"傍晚六点钟。"

"要不要我来帮你?"

"可以吗?"我喜出望外。

"但是,只限于围棋的部分。"

"太好了!做完访问之后,我请你吃饭。"

他笑了:"想不到还有报酬呢!"

"我不会白白要你做事的。"我说。

"我也不会白吃。"他说。

"当然不能让你白吃！"我打趣说。

"认识你真好。"我说，"所有我不懂的，都可以问你。"

"我并不是什么都懂的，只是刚巧会下围棋罢了。"

"我连象棋都不会。"我说。

他瞪大眼睛说："不可能吧？"

我尴尬地说："我不喜欢下棋，这有什么奇怪的？"

"那你有什么长处？"他问。

"我的长处就是知道自己没有长处。"

"这倒是一个很大的长处。"

"就是了。"我说。

"我对下棋的兴趣也不大。"他说。

"为什么？"

"我不喜欢只有赢和输的游戏。我喜欢过程，譬如数学吧，最美妙的不是答案，而是寻找答案的那个过程。"

"那你一定喜欢玩《大富翁》了。"

"也不喜欢，那个过程太沉闷了。"

"《大富翁》最好玩的地方不是买地和盖房子,而是可以抽一张'命运'或'机会'的卡片。"

"你是一名赌徒。"他说。

"是的。"我说。

自小喜欢玩什么游戏,也可以反映一个人的性格吧?这一刻,我才恍然大悟,原来我也一直是赌徒。我把一切投注在一个人身上,输得一败涂地。所有的长相厮守,都是因为遇不到第三者吧?我输了,是我的运气不好。

7

年近四十的傅清流,长得高瘦清癯,拥有一双深邃的眼睛。我看了关于他的资料。称霸棋坛的他,却有一段失败的婚姻。妻子因为忍受不了他的世界只有围棋,五年前,在他到日本参加比赛的前夕离家出走了。韩星宇说得对,棋王是寂寞的,他们的女人也寂寞。

傅清流很喜欢韩星宇,他们滔滔不绝地大谈棋艺,我变成一个局外人,仿佛是旁观两位武林高手论剑。

"我们来下一盘棋吧！"傅清流跟韩星宇说。看来他技痒了。

"好的！"韩星宇也兴致勃勃。

神童对棋王，将会是什么局面呢？

他们对弈的时候，我更是局外人了。

最后，韩星宇说：

"我输了！"

他是怎么输的呢？我不明白。

"你已经很好了！"傅清流对他说。

韩星宇变得有点垂头丧气。

离开了傅清流住的酒店，我问韩星宇：

"你要吃些什么，说一个吧！"

"改天再吃好吗？我今天有点事要办。"他说。

不是说不喜欢只有赢和输的游戏吗？输了却又那么沮丧。尽管对方是傅清流，但是，失败的滋味并不好受。他下棋从未输过，若不是为了帮我做访问，便不会尝到失败的滋味了，都是我不好。

那天分手之后，再也没有他的消息，他是不是怪我呢？

见不到他的时候,心里竟然有点思念他,害怕从此以后再也见不到他了,这是多么难以解释的感情!也许,我并不了解他,他和我距离太远了,只是我一厢情愿罢了。一切的一切,只不过是一个失恋女人太渴求爱情,爱情却是遥不可及的。

8

"你还欠我一顿饭。"韩星宇在电话那一头,愉悦地说。

还以为他永远不会再出现了。

在餐厅见面的时候,他的头发有点乱,胡子也没刮。难道躲起来哭过?他还没开口,我便连忙安慰他:

"输给傅清流,虽败犹荣。"

"他已经让了我很多步。"韩星宇说。

"他的年纪比你大那么多,即使打成平手,也不算赢,输了也不算输。"

他笑了:"你以为我不能接受失败吗?"

"你那天为什么闷闷不乐?"

"我在想我哪一步棋走错了。终于想通了!"他说。

"真的？"

"输给傅清流，绝对不会惭愧。但是，我起码应该知道自己为什么输，而且要从那局棋去了解他。他真的是虚幻莫测。"

"你躲起来就是想这件事？"

"你以为是什么？"

"哦，没什么。"我想错了。

"几天没有好好吃过东西了。"他开怀大嚼。

那一刻，我忽然发觉，韩星宇跟林方文很相似。他们两个都是奇怪的人，孤独又感性。有人说，一个人一生寻觅的，都是同一类人，我也是这种人吗？还是，我是被这一类人爱上的人？

9

"你想不想去玩旋转木马？"韩星宇问。

"这么晚了，游乐场还没关门吗？"

"我知道还有一个地方。"他说。

我们离开了餐厅，驱车前往他说的那个地方。

车子开上了半山腰一条宁静的小路。小路两旁排列着一幢幢素净的平房和星星点点的矮树。路的尽头，是一座粉白的平房。房子外面竖着一盏古老的灯。这条小路的形状就像一把钥匙。我们停车的地方，便是钥匙圈。

"旋转木马在哪里？"我问。

"这里就是了。"他说。

韩星宇拉开车篷，就像打开了天幕，眼前的世界一瞬间变辽阔了。白晃晃的圆月挂在天空，抬眼是漫天的星星，我们好像坐在一辆马车上。从音箱流转出来的，是莫扎特的《欢乐颂》，跟我们那天在旋转木马上听到的，是一样的歌。韩星宇坐在驾驶座上，亮起了所有的灯，车子在钥匙圈里打转，时而向前，时而倒退，代替了木马的高和低。

"我常常一个人来这里玩旋转木马。"他说。

"这是你的独角兽吗？"我指着他双手握着的方向盘。

"是的。"他快乐地说。

我骑在飞马上，抬头望着天空，问他：

"音乐会停吗？"

"永不。"他说。

"永不?"

"嗯。"他驶前了,又倒退。

"有永远不会停的音乐吗?"

"在心中便不会停。"

"汽油会用完吗?"

"今晚不会。"

"这样子不停地打转,我们会晕过去吗?"

他凝望着我,说:"永不。"

我忍不住伸手摸了摸那双向我辉映着的眼睛,他捉住了我的手。月亮、星星、路灯和房子在回转,甜美的生命也在回转。我凝视着他那孩子气的眼波,这个小时候每天晚上躲在被窝里饮泣,害怕自己会死去的小男孩,有没有想过长大之后会遇到一个来访问他的女记者?然后,爱情召唤了他们,在她最悲伤的时候,他在她心里亮起了希望的灯。

我掉进昏昏夜色之中,眼睛花花的。"永不,永不……"我听到的,是梦呓还是真实的?我们是在做梦的星球吗?直到我醒来,发觉他在我床上,我赤身露体,被他搂抱着,呼吸着他的气息，我才发现，我们是在醒着的星球。有生以来，我第一次意识到爱和忘记能够同时降临。那段日子，竟然有一天，我忘记了林方文。

⏮ 第四章 ⏭
最 蓝 的 一 片 天 空

我们都太爱自己了,两个太爱自己的人,

是没法长相厮守的。

当我们顿悟了自己的自私,在以后的日子里,

也只能够爱另一个人爱得好一点。

1

我抱着刚买的几本书,挤在一群不相识的人之中避雨。马路上的车子堵在一起,寸步难移,看来韩星宇要迟到了。

那个初夏的第一场雨,密密绵绵,间歇着还打雷,灰沉沉的天空好像快掉到地上。一个黑影蹿进来,顷刻间变成了一个人。那个人站在我身旁,怔怔地望着我。我回过头去,看到了林方文。

我望了望他,他也望了望我。一阵沉默之后,他首先说:"买书吗?"

"哦,是的。"我回答。

他看着我怀里,问:"是什么书?"

我突然忘记了自己买的是什么书。

他站在那里,等不到答案,有点尴尬,大概是以为我不想告诉他。

我从怀中那个绿色纸袋里拿出刚买的书给他看。

"就是这几本。"我说。

"哦……"他接过我手上的书，仔细看了一会儿。

我忘了自己买的书，也许是因为记起了另外的事情。眼前的这一场雷雨，不是似曾相识吗？两年前，我们站在一株老榕树下避雨，我问他，一九九七年六月三十日，我们会不会在一起，没想到两年后已经有答案了。千禧年的除夕，我们也不会在一起了。为什么要跟他再见呢？再见到他，往事又一一重演如昨。猛地回头，我才发现我们避雨的银行外面，贴满了葛米儿的演唱会海报。这样的重逢，是谁的安排？

我看到那些海报的时候，林方文也看到了。在一段短暂的时光里，我们曾经以为自己将会与一个人长相厮守，后来，我们才知道，长相厮守是一个多么遥不可及的幻想！

我望着车子来的方向，韩星宇什么时候会来呢？我既希望他来，也怕他来。

"你在等人吗？"林方文问。

我点了点头。

良久的沉默过去之后，他终于说：

"天空很灰暗。"

"是的。"

他抬头望着灰色的天空，说：

"不知道哪里的天空最蓝。"

我看到了韩星宇的车子。

"我的朋友来了。"我跟林方文说。

"哦，还给你。"他匆匆把书还给我。

我爬上韩星宇的车，身上沾满了雨。

"等了很久吗？"韩星宇握着我的手。

"不是的。"我说。

车子缓缓离去，我在照后镜中看到林方文变得愈来愈小了。他那张在雨中依依的脸庞，也愈来愈模糊。我的心中，流转着他那年除夕送给我的歌。

> 要是有一天，你离场远去
> 发丝一扬，便足以抛却昨日，明日
> 只脸庞在雨中的水泽依依，我犹在等待的
> 告诉我，到天地终场的时候
> 于一片新成的水泽，你也在等待
> 而那将是另外一次雨天，雨不沾衣

甚至所有的弦弦雨雨，均已忘却

为什么他好像早已经料到这一场重逢和离别，也料到了这个雨天？

"刚才那个人是你朋友吗？"韩星宇问我。

"是我以前的男朋友。"我说。

他微笑着，没有搭话。

"哪里的天空最蓝？"我问。

"西藏的天空最蓝，那里离天空最近。"他说。

"是吗？"

"嗯。十岁那年的暑假，我跟爸爸妈妈一起去西藏旅行，那里的天空真蓝！不知道是因为孩子看的天空特别蓝，还是西藏的天空真的很蓝。有机会的话，和你再去看一次那里的天空。"他说。

"嗯。"我点了点头。

哪里的天空最蓝？每个时候，每种心情，每一个人看到的，也许都会不同吧？葛米儿也许会说南太平洋的天空最蓝，南极的企鹅会说是雪地上的天空最蓝，鲸鱼会说海里的天空最蓝。长颈鹿是地上最高的动物，离天空最近，它看到的天空都是一样的蓝吧？

那林方文看到的呢？我看到的呢？

我靠着韩星宇的肩膀说：

"你头顶的天空最蓝。"

他笑了，伸手摸了摸我的脸。他的手最暖。

照后镜里，是不是已经失去了林方文的踪影？我没有再回望了。我已经找到了最蓝的一片天空，那里离我最近。

2

"葛米儿哭了！"

报纸娱乐版上有这样的一条标题。

葛米儿在她的第一场演唱会上哭了。那个时候，她正唱着一首名叫《花开的方向》的歌，唱到中途，她哭了，满脸都是泪。

是被热情的歌迷感动了吧？

是为了自己的成功而哭吧？

我曾经避开去看所有关于她的消息。我不恨她，但是也不可能喜欢她。然而，渐渐地，我没有再刻意避开了，她已经变成一个很遥远的人，再也不能勾起我任何痛苦的回忆了。看到她的照片和偶然听到她的歌的时候，只会觉得这是个曾经与我相识的人。我唯一还对她感到好奇的，是她屁股上是不是有一个能够留住男人的刺青。如果有的话，那是什么图案，是飞鸟还是游鱼？

3

在报社的洗手间低着头洗脸的时候，我看到一个脚踝文了莱纳斯的人走进来，站在我旁边。我抬起头来，在镜子里看到葛米儿。她化了很浓的妆，头发染成鲜艳的粉红色，身上也穿着一条毛茸茸的粉红色裙子。

她看见了我，脸上露出微笑，说："刚才就想过会不会在这里碰到你。"

看到我脸上的错愕，她解释说：

"我来这里的摄影棚拍照。"

"哦——"

我用毛巾把脸上的水珠抹干。

"你恨我吗?"她突然说。

我摇了摇头。

"我们还可以做朋友吗?"她天真地问。

"曾经爱过同一个男人的话,是不可能的吧?"我说。

"听说你已经有男朋友了。"

"是的。"我微笑着说。

沉默了一阵之后,她说:

"林方文还是很爱你的。"

他为了她而背叛我,而她竟然跟我说这种话,这不是很讽刺吗?我没有表示任何意见。

她眼里闪着一颗泪珠,说:

"每次唱到那首《花开的方向》的时候,我就知道他最爱的人不是我。"

我愣怔了片刻。为什么她要告诉我呢?我本来已经快要忘记林方文了。

"我可以抱你一下吗?"她说。

"为什么？"我惊讶地问。

"我想抱他抱过的人。"她说。

我在她眼里看得见那是一个善意的请求。

我没有想过要去抱林方文抱过的女人，也没有想过要被他抱过的女人抱。可是，那一刻，我好像也无法拒绝那样一个卑微的恳求。

最后，一团粉红色的东西不由分说地向我扑来，我被迫接住了。

"谢谢你让我抱。"她说。

那颗眼泪终于掉下来了。她是一只粉红色的傻豹，一只深深地爱上了人类的、可怜的傻豹。

4

我把葛米儿的唱片放在唱盘上。

听说林方文最爱的是我，我心里有片刻胜利的感觉。然而，胜利的感觉很快被愤怒抵消了。在我已经爱上别人的时候才来说这种话，不是很自私吗？何况，我太清楚了，他从来分不清自己的真话和谎言。

　　我不是说过不会再被他感动的吗？可是，那首《花开的方向》是这样唱的：

　　　　当我懂得珍惜，你已经远离
　　　　我不感空虚
　　　　因为空虚的土壤上将填满忏悔，如果忏悔
　　　　还会萌芽茁长
　　　　且开出花来
　　　　那么，花开的方向
　　　　一定是你离去的方向

　　忽然之间，所有悲伤都涌上了眼睛。那天在雨中重逢，他不是一直都望着我离去的方向吗？当我消失了，他又是否向着我离去的方向忏悔？可惜，他的忏悔来得太晚了，我的心里，已经有了另一片蓝色的天空。那片天空，长不出忏悔的花。

5

"是你吗?"他说。

在电话那一头听到我的声音时,林方文显得很雀跃。

"我听了那首《花开的方向》。"我说。

他没有作声。

"我一点也不觉得感动。"我冷冷地说。

他也许没有想到我会那么冷漠,电话那一头的他,没有说话。

"向我忏悔的歌,为什么由葛米儿唱出来!"我哽咽着骂他。

我们在话筒里沉默相对,如果不是仍然听得见他的呼吸声,我会以为他已经不在了。

"你根本就是在享受自己的忏悔和内疚,并且把这些忏悔和内疚变成商品来赚钱。这首歌替你赚到不少钱吧?"我说。

"你以为是这样吗?"他终于说话了。

"不管怎样,如果你真的忏悔的话,请你让我过一些平静的日子,我已经爱上别人了。"

"就是那天来接你的那个人吗?"

"是的。"

他可悲地沉默着。

"我已经忘记你了。"我说。

最后,我挂断了电话。

听完那首歌之后,我本来可以什么也不做,为什么我要打一通电话去骂他呢?是要断绝自己的思念吗?当我说"我已经忘记你了"的时候,孩提的日子忽而在我心里回荡。童年时,我会躺在床上,合上眼睛,假装自己已经睡着了,并且跟爸爸妈妈说:"我已经睡着了啊!"以为这样便能骗到别人。二十年后,我竟然重复着这个自欺欺人的谎言。我唯一没有撒谎的,是我的确爱上了别人。如果不是这样,我早已经毫不犹豫地奔向那离别的花。

6

"躺在地上看的天空特别蓝。"韩星宇说。

我们躺在他家的地板上看天空。这幢位于半山的房子有一面宽敞的落地窗。晴朗的早上，躺在窗子前面，能够看到最蓝的一片天空。

"这个角度是我无意中发现的。搬来这里好一段日子了，从不知道这个天空是要躺下来看的。"他说。

天空本来是距离我们很遥远的，然而，躺着的时候，那片蔚蓝的天空仿佛就在我脚下。当我把两只脚掌贴在窗子上面，竟然好像贴住了天空。

我雀跃地告诉韩星宇：

"你看！我把脚印留在天空了！"

他也把脚贴在窗子上，说：

"没想到天空上会有我们的脚印！"

"智力题——"我说。

"放马过来！"他说。

"天空是从哪里到哪里？"

以为他会说，天空的大小，是和地上的空间相对的。以为他会说，天的尽头，是在地平线。以为他会说，天空在所有的屋顶上面，他却转过头来，微笑着说：

"从我这里到你那里，便是天空。"

"记得我说过西藏的天空最蓝吗?"他说。

"嗯。"

"也许因为那时年纪小。童年的天空,是最蓝的。"

"现在呢?"

"现在的天空最近。"

四只脚掌贴在宽敞的窗户上,骤然变得很小很小,我们好像就这样飞升到天际,而且是倒挂着走路的。我们走过的地方,白云会把脚印抚平。

我躺在他身边,就这样从早晨直到黄昏,忘记了时光的流逝。落日把天空染成一片橘子红。当夕阳沉没了,天空又变成蓝色。我在书上读过许多关于蓝色的描写,可是,眼前一片辽阔的蓝,却是无法描摹的。蓝最深处,是带点红色的。我想起在书上看过一种鸟,名叫蓝极乐鸟。这种鸟的翅膀是蓝色的,求偶的雄鸟会倒挂在树枝上,把身上的蓝色羽毛展成一把扇,不断地抖动。那像宝石般的蓝色羽毛,是求爱的羽毛。我看到的蓝色,便是成群的蓝极乐鸟展翅同飞,划过长空,把一大片天空染成缠绵流丽的蓝,那是爱的长空。

"我以前的男朋友好像仍然挂念着我。"我告诉韩星宇。

"你呢？你是不是仍然挂念着他？"

"如果我说是，你会不会生气？"

"也许会的。"

"是的，我仍然挂念着他。你生气吗？"

"有一点点。"他老实地回答。

"初恋总是难忘的，正如你童年的天空。"

"我明白。"

"你真的生气？"我问。

他摇了摇头，说："我知道，至少在今天，你没有挂念他。"

不单单是今天，跟韩星宇在一起的许多天，我都忘记了林方文。一个人静下来的时候，才会又被思念苦苦折磨。

"如果不是你，我也许没有勇气不回去。"

"我是障碍吗？"

"不。你让我看到了另一片天空，更辽阔的天空。"我说。

"肚子饿吗？"他问，"我们已经躺在这里很久了。"

"很饿呢。"我说。

"冰箱里有Cannelé，冰了的Cannelé更好吃。"

"我不吃。"

"那你想吃什么？"

我趴到他的胸膛上，说：

"我要吃掉你！"

"我还没有拿去冰镇。"他说。

"我就是要吃温的！"

长天在我背后，温柔了整个夜室。我在他心里，找到了最蓝的天空。我俯吻着他湿润的头发，一瞬之间，我忽然明白了，万物有时，离别有时，相爱有时。花开花落，有自己的时钟；鸟兽虫鱼，也有感应时间的功能。怀抱有时，惜别有时，如果永远不肯忘记过去，如果一直恋恋不舍，那是永远看不见晴空的。回去林方文的身边，不过是把大限延迟一点；延迟一点，也还是要完的。难道，在我短暂的生命里，还要守候着一段百孔千疮的爱情吗？

我躺在韩星宇的身体下面，看到了爱的长空。我怎么能够否定这种爱呢？思念，不过是习惯。直到夜深，当我在他身畔悠悠醒来，他仍然握着我的手，熟睡了。为什么天好像不会黑？成群的蓝极乐鸟忘了回家，留下了无法稀释的蓝，缠绵如旧。

当我再次醒过来，已经天亮了。蓝极乐鸟回家了，飞过之处，留下了一片淡淡的蓝，荡进清晨的房子里。

韩星宇睁开眼睛，说："我们竟然躺了这么久。"

"昨天晚上，你睡着的时候，天空还是蓝色的。"我说。

"是吗？"他悠然问我。

那是我见过的，最蓝的天空，是我心里的天空。

7

"我很爱他！"

娱乐版上，我看到了这样的一条标题。以为又是葛米儿的爱的宣言，然而，照片里的她，却哭得眼睛鼻子皱在一起，只剩下一张大嘴巴。她向记者承认，她和林方文分手了。她没有说为什么，只是楚楚可怜地说，她仍然爱着他。

记者问："你还会找他写歌词吗？"

葛米儿说："我们仍然是好朋友。"

这是林方文要向我传达的信息吗？

可惜，我已经不是那个永远守候的人了。

8

夜里，我站在阳台上，无意间看到了林方文的蓝色小轿车从下面驶过。他来干什么呢？以为他来找我，但他的车子并没有停下来。隔了一会儿，他又回来了，依然没有停车。漫长的晚上，他的车子在楼下徘徊，最后，失去了踪影。他到底想干什么？

许多个晚上，他都是这样，车子缓缓地驶过，离开，又回来。渐渐地，当我一个人在家的时候，会走出去看看他是不是又来了。他这个可恶的人，他成功了。

我穿上鞋子冲到楼下去。当他的车子再一次驶来，他看见了我。他停了车，从车上下来，面带微笑。

"你在这里干什么？"我说。

他没有回答。

"你这是什么意思？"

他尴尬地说："我只是偶然经过这里。"

"每晚从这里经过，真的是偶然吗？"我吼问他。

终于，他说："我们可以重新开始吗？"

"你知道你像什么吗？你像一只做错事的小狗，蹲在我面前摇尾乞怜，希望我再抱你。你一向都是这样的。"

"你可以回来吗？"他说。

"你以为我还爱你吗？"我的声音在颤抖。

他沉默着。

"林方文，你最爱的只有你自己。"我哽咽着说。

他惨然地笑笑。

"我希望我还是以前的我，相信人是会改变的。可惜，我已经不是以前的我。林方文，如果你爱我，请给我一个机会重生。"我流着泪说。

他内疚地说："你不要这样。"

我哭着说："有些人分手之后可以做朋友，我不知道他们是怎样做到的。但是，我做不到，我不想再见到你。"

"我知道了。"他凄然说。

我在身上找不到抹眼泪的纸巾，他把他的手帕给了我，说："保重了。"

他颓唐地上了车，车子缓缓地开走了。离别的方向，开出了漫天忏悔的花。他不是来找我的,他是来凭吊的,就好像我那时在葛米儿的住处外面凭吊一段消逝了的爱。我们何其相似!只是,我已经明白了,花开花落,总有时序。

9

"只有双手才能够做出爱的味道。"余平志的妈妈说。

我在她的厨房里,跟她学做巧克力饼干。这位活泼友善、酷爱烹饪的主妇告诉我,用电动搅拌机虽然方便很多,然而,想要做出最松脆的饼干,还得靠自己一双灵巧的手,把牛油搅拌成白色。要把糖粉和牛油搅成白色,那的确很累。我一面搅一面望着盘子里的牛油,它什么时候才肯变成白色呢?

"要我帮忙吗?"余妈妈问。

"不用了,让我自己来就可以。"我说。

"是做给男朋友吃的吗?"

"嗯!他八岁那年吃过一生难忘的巧克力饼干,我不知道可不可以做出那种味道。"

"回忆里的味道,是很难在以后的日子里重逢的。"

"是的，我也担心……"

她一边把鸡蛋打进我的盘子里一边说：

"但是，你可以创造另一段回忆。"

"我怎么没想到呢？真笨！"我惭愧地说。

她笑着说：

"不是我比你聪明，而是我年纪比你大，有比你更多的回忆。"

"伯母，你为什么喜欢烹饪？"

"因为想为心爱的人下厨。"她回答说。

"这是最好的理由呀！"我说。

"人生大部分的故事，都是由餐桌开始的。"她说，"每个人的回忆里，至少也有一段回忆是关于食物的。"

我微笑着说："是的。"

"烹饪也像人生，起初总是追求灿烂，后来才发现最好的味道是淡泊之中的美味。"

"这是很难做得到的呀！"我说。

"因为在你这个年纪，还是喜欢追求灿烂的。"

我们把做好的巧克力面糊挤在烤盘上，放进烤箱里。

余妈妈说:"余平志的爸爸也很喜欢吃,他是美食家!我们每年都会到外地旅行,去一些从来没去过的餐厅吃饭。你见过餐桌旁边有旋转木马的餐厅没有?"

我惊讶地问:"在哪里?"

"在法国的布列塔尼,我们十年前去过。餐厅的名字就叫'布列塔尼'。餐厅的整面围墙被绿色的葡萄叶覆盖着。十九世纪时,那里原本是邮局。餐厅的老板是一对很可爱的夫妇。餐厅里,挂满了男主人画的抽象画,木马从天花板悬吊下来。你能想象这家像童话世界一样,洋溢着欢笑的餐厅吗?"她说得手舞足蹈。

我的心里,有无限神往。

"那天是我们的结婚纪念日,那是一顿毕生难以忘怀的晚餐。可惜,我们的照相机坏了,没有拍下照片。"她脸上带着遗憾。

我倒是相信,正因为没有拍下照片,没法在以后的日子里从照片中回味,那个回忆反而更悠长。大部分的离别和重逢,我们也没有用照相机拍下来,然而,在余生里,却鲜明如昨。

朱迪之、沈光蕙和余平志走了进来,问:

"饼干做好了没有?"

余妈妈把饼干从烤箱里拿了出来,吃了一口,说:"搅牛油的功夫不够,还要回去多练习一下呢!"

"是爱心不够吧?"朱迪之说。

"哪里是呀!"我说。

"伯母,我也要学。"她嚷着说。

我在她耳边问:"是做给陈祺正吃的呢,还是做给孟传因吃?"

"两个都吃!"她推了我一下。

10

"还是两个都爱吗?"

回家的路上,我问朱迪之。

"嗯。"她重重地点头。

"真不明白你是怎样做到的。"

"我是'背叛之友会'的嘛!背叛是我的特长。"她说。

我笑了:"被背叛是我的特长。"

"真的爱韩星宇吗？"她问。

这一次，轮到我重重地点头。

"林方文真可怜啊！"她说。

"为什么竟然会同情他呢！"

"是你说的，我和他是同志。我了解他。"

"我也了解他，他最爱的是自己。"

"我也是。或者，当我没有那么爱自己的时候，我才会愿意只爱一个人。"

"爱两个人，不累吗？"

"啊！太累了！每个月，我都会担心，万一有了孩子，那到底是谁的孩子呢？那个时候，我会很看不起自己。"

"所以，男人可以同时爱很多女人，他们没有这种顾虑。"我说。

"你相信爱情吗？"她问。

"为什么不相信呢？"

"我愈来愈不相信了。"

"不相信，也可以爱两个人？"

"就是爱着两个人，才会不相信。我那么爱一个人，也可以背叛他，爱情还有什么信誉？"

"是你的爱情特别没有信誉啊！"

"也许是吧！每次爱上一个人，我都会想，当那段最甜蜜的日子过去之后，又会变成怎样呢？我们还不是会遗忘？遗忘了自己曾经多么爱一个人。"

"直至你们老得再也没法背叛别人，你们才不会背叛。"

"或者，我们是在寻找最爱。"

"你们已经找到了，那就是你们自己。"

"难道你不爱自己吗？"

"我没那么爱自己。"我说。

"希望别人永远爱你，对你忠心不贰，难道不是因为你爱自己吗？"

一瞬间，我没法回答。直到我们在闹区中分手，我看着她消失在人群中，我仍然没法说出一句话。对爱和忠诚的渴求，原来是因为我太爱自己吗？我总是责怪林方文太爱自己，然而，在他心里，我何尝不是一样？我用爱去束缚他，甚至希望他比现在年老，那么，他便永远属于我。我终于知道林方文为什么背叛我了，他没法承受这种爱。我们都太爱自己了，两个太爱自己的人,是没法长相厮守的。当我们顿悟了自己的自私,在以后的日子里,也只能够爱另一个人爱得好一点。

11

崇光百货地下室的那家面包店已经差不多打烊了,我拿了最后的两个 Cannelé 去付钱。

"可以告诉我,这种蛋糕是怎么做的吗?"我问柜台负责收钱的老先生。

这个会说华语的日本人说:

"你要问面包师傅,只有他会做。"

那位年轻的日籍面包师傅已经换了衣服,腋下夹着一份报纸,正要离开。

"可以告诉我,Cannelé 是怎么做的吗?"我问他。

"秘方是不能外泄的。"他说。

我拿出一张名片给他,说:"我是记者,想介绍你们这道甜点。"

"这是公司的规定,绝对不能说。"他冷傲得像日本剑客,死也不肯把自己怀中的秘籍交出来。

"经过报纸介绍，会更受欢迎的。"我努力说服他。

"不可以。"他说罢走上了电扶梯。

我沿着电扶梯追上去，用激将法对付他。

"是不是这个甜点很容易做，你怕别人做得比你好？"

他不为所动，回过头来跟我说：

"小姐，这里只有我会做这个甜点，你说什么也没用。"

他离开百货公司，走进了一家唱片店，我跟在他后头。

"请你告诉我好吗？"我说。

"小姐，请你不要再跟着我。香港的女孩子，都是这样的吗？"

"不，只有我特别厚脸皮。老实告诉你，我想做给我喜欢的人吃，我答应你，绝对不会写出来，可以吗？"

他望了望我，继续看唱片。

本来是想做巧克力饼干给韩星宇吃的，余平志的妈妈说得对，创造另一段回忆，也许更美好一些。我没有看过韩星宇童年所看的天空，也没吃过他童年时吃的饼干，我何以那么贪婪，想用自己做的饼干来取代他的回忆呢？朱迪之说得对，我也是很爱自己的。

我看见那位面包师傅挑了一张葛米儿的唱片。

"你喜欢听她的歌吗?"我问。

他笑得很灿烂:"我太喜欢了!"

我一时情急,告诉他:

"我认识她。我可以拿到她的签名,只要你告诉我 Cannelé 的做法。"

他望了望我,终于问:

"真的?"

12

葛米儿在电话那一头听到我的声音时,有点惊讶,她也许没想过会是我吧?

"不知道你可不可以帮我一个忙呢?"我说。

她爽快地答应了。我们在咖啡厅里见面,她带来了一张有自己签名的海报。

"那个人是你的朋友吗?"她问。

"他是一位面包师傅,是你的歌迷。我有求于他,所以要用你的签名去交换。"

"这样可以帮到你吗？"

"已经可以了。"我说。

她脱下外套，外套里面是一件深蓝色、长袖的棉质上衣，上面印有香港大学的校徽，领口有个破洞。这件上衣，不是似曾相识吗？看见我盯着她身上的衣服，葛米儿说：

"这件旧衣服是我从林方文那里偷偷拿走的。穿着他穿过的衣服，那么，虽然分开了，却好像仍然跟他在一起，是不是很傻？"

斐济人都是这样吗？威威跟葛米儿分手的时候，吃了莫扎特，让它长留在他身上。幸好，葛米儿比威威文明一点，她没有吃掉林方文。

"你们还见面吗？"我问。

"我们仍然是工作伙伴，也是好朋友。"然后，她问我，"你会回去吗？"

"不会了，我已经有了我爱的人。"我说。

"我不了解他。"她凄然说。

"男人不是用来被了解的。"

"是用来爱的？"她天真地问。

"是用来了解我们自己的。"我说。

我终于用葛米儿的海报换到了 Cannelé 的秘密。它的外皮，因为颜色像老虎身上的斑纹，所以又叫作虎皮。这层外皮是要用鸡蛋、牛油、面粉和砂糖做的。至于里面的馅料，是用蛋糕粉做的。蛋糕粉与肉桂、白兰地和牛奶的分量，也得靠经验去调配。

对于从来没有做过蛋糕的人，那是一个很复杂的程序。想要做两三次便成功，更是天方夜谭。

当我在家里重复做那个蛋糕的时候，一次又一次地问自己，我找葛米儿，到底是因为我想得到做那个蛋糕的方法，还是我想从她口中知道一点点林方文的消息？

葛米儿回去之后，会告诉林方文，我已经有所爱的人了。我就是希望她这样做吗？我们因为她而分开，到头来，她却成了飞翔在我们之间的信鸽，传递着别后的讯息。

夜里，我把那个风景水晶球从抽屉里拿出来，放到床边。我再也不害怕看见它了。水波之中，心底深处，漂浮着的，是一段难以忘怀的回忆。

13

"好吃吗？"我问韩星宇。

他吃着我亲手做的 Cannelé。

"在崇光买的吗？"

"是我做的。"

"不可能。"他一副不相信的样子。

"真的！我尝试了很多遍才做出来的。"我把他拉到厨房去，让他看看剩下的材料。

我没骗他，我已经不知想放弃多少次了，因为是为了自己所爱的人而做，才能够坚持下去。

"怪不得味道有一点不同。"他说。

"哪一个比较好吃？"

"如果说你做的比较好吃，你会不相信。可是，如果说面包店做的比较好吃，你又会不高兴。这是智力题啊！"

"那么，答案呢？"

"我会说你做的比较好吃。"

"为什么？"

"这样有鼓励作用，下一次，你会进步。终有一天，你会做得比面包店里的好。"

"呵！其实你已经有答案了！"

他抱着我，说：

"我喜欢吃。"

"对你来说，会不会是继巧克力饼干之后，最难忘的美食回忆？"

"比巧克力饼干更难忘。"

"不是说回忆里的味道是无法再找到的吗？"

"可是，也没有第二个你。"他说。

我想起他和傅清流下的那一盘围棋，在我还不知道发生什么事的时候，胜负已经定了。我们的爱情也是这样吗？不知道从什么时候开始，已经成了相依的人，已经没法找到另一个了。回忆是不可以代替的，人也不可以代替。然而，旧的思念会被新的爱情永远代替。

"你去过法国的布列塔尼吗？"我问。

"没有，但是，我有一个美国同学娶了一位法国女士，他们就住在布列塔尼，听说那是一个美丽的城市。"

"你见过有旋转木马的餐厅吗？"

"没见过。"

"布列塔尼有一家有旋转木马的餐厅。听说，木马就在餐桌旁边。"

他兴奋地问："真的？"

"圣诞节的时候，我们可以去那里吗？"

"好的，我安排一下。"

"你真的可以走开？"

"为什么不可以呢？圣诞节，大家都放假。我们还可以在布列塔尼过除夕。"

我就是想在那里过除夕吗？对于除夕之歌的思念，也将由布列塔尼的旋转木马取代。

14

沈光蕙哭得肝肠寸断。我没想过她会哭，她不是很希望老文康死掉吗？如果还要为他的死许愿的话，她巴不得他是掉进一个化粪池里溺死的。然而,当她从校友通信里看到老文康病逝的消息,她却哭了。

她缩在床上,用床单卷着自己,我和朱迪之坐在旁边,不知道该说些什么好。是安慰她呢,还是恭喜她如愿以偿?

"你不是很希望他死吗?"朱迪之问。

"是的,我希望他死!"沈光蕙一边擤鼻涕一边说。

"那为什么哭?"我说。

她抹干眼泪,说:"不知道为什么,我竟然觉得伤心,我竟然挂念他。"

"他是个坏蛋,不值得为他哭。"我说。

"我知道,这些年来,我一直恨他。可是,当他死了,我却又怀疑,他是不是也曾经爱过我。"

"当然没有!"朱迪之残忍地说。

我说不出那样的话。我们以为自己恨一个人,到头来,却发现自己是爱过对方的。那是多么悲凉的事情!我终于明白了沈光蕙为什么好像从来只爱自己而不会爱别人。在她年少青涩的岁月里,那段畸恋把她彻底地毁了,她没办法再相信任何人。她爱着那个卑微和受伤的自己,也恨那样的自己。

她努力否认自己爱过那个无耻的男人，然而，当他不在了，她才知道自己也曾经深深地爱过这个人。爱情有多么善良和高尚！却不一定聪明。恨里面，有没法解释的、幽暗的爱。

我恨林方文吗？我已经没那么恨了。是否我也没那么爱他了？

15

午后的阳光，温煦了西贡的每一株绿树，我坐在采访车上，司机把车子停在路边，等我的同事。马路的对面，停了一辆蓝色小轿车，就在潜水用品店的外面。那不是林方文的车吗？

他从潜水店里走出来，头上戴着鸭舌帽，肩膀上扛着一袋沉重的东西。他把那袋东西放到车上，又从车厢里拿出一瓶水，挨在车子旁边喝水。

他看不见我，也不知道我在看他。以为他会在家里哀伤流泪吗？以为他会为我自暴自弃吗？他还不是寻常地生活？不久的将来，他也许会爱上另一个女人；新的回忆，会盖过旧的思念。

我躲在车上,久久地望着他,努力从他身上搜索关于我的痕迹;突然,我发现是那顶鸭舌帽。我们相识的那年,他不是常常戴着一顶鸭舌帽吗?一切一切,又回到那些日子,好像我们从来没有相识过。他抬头望着天空,还是在想哪里的天空最蓝吗?

我很想走过去跟他说些什么,我却退却了。

我们相隔着树和车,相隔着一条马路和一片长空,却好像隔着永不相见的距离。

最后,林方文坐到驾驶座上,我的同事也上车了。

"对不起,让你等。"我的女同事说。

"没关系。"我说。

"已经是深秋了,天气还是这么热。"她说。

我的脸贴着窗,隔着永不相见的距离,穿过了那辆蓝色小轿车的窗子,重叠在他的脸上,片刻已是永恒。他发动引擎,把车子驶离了潜水店,我们的车子也向前走,走上了和他相反的路。所有的重逢,都是这么遥远的吗?

16

"要出发了。"韩星宇催促我。

我们在布列塔尼的酒店房间里,他的外国朋友正开车前来,接我们去"布列塔尼"餐厅庆祝除夕。他们还订到了木马旁边的餐桌。

"我在大厅等你。"韩星宇先出去了。

我站在镜子前面,扣完了最后一颗纽扣。我的新生活要开始了。

房间里的电话响起来,韩星宇又来催我吗?我拿起话筒,是朱迪之的声音。

"是程韵吗?"

"迪之,新年快乐!"我说。香港的时间,走得比法国快,他们应该已经庆祝过除夕了。

"林方文出事了。"沉重的语调。

"出了什么事?"我的心,忽然荒凉起来。

"他在斐济潜水的时候失踪了,救援人员正在搜索,已经搜索了六个小时，葛米儿要我告诉你。"她说着说着哭了，似乎林方文是凶多吉少的。

怎么可能呢？我在不久之前还见过他。

"他们已经做了最坏的打算。"她在电话那一头抽泣。

"为什么要告诉我呢？我和他已经没有任何关系了。我现在要出去吃饭，要庆祝除夕呢！"我颤抖着手把电话挂断。我望着那部电话，它是根本没有响过的吧？我关掉了房间里的吊灯，逃离了那个黑暗的世界。韩星宇在大厅等着我。

"你今天很漂亮。"他说。

"我们是在做梦的星球吗？"我问。

"是的。"他回答说。

那太好了！一切都是梦。

我爬上那辆雪铁龙轿车，向着我的除夕之夜出发。

"你在发抖，你没事吧？"韩星宇握着我的手问。

"我没事。"我的脸贴着窗，却再也不能跟林方文的脸重叠。

韩星宇把自己的外套脱下来，披在我身上。

"布列塔尼又名'海的国度'，三百多年前，这里是海盗出没的地方。"韩星宇的法国朋友苏珊说。

我想知道,在海上失踪六个小时,还能够活着浮上来吗?

"今晚会放烟火!"苏珊雀跃地告诉我们。

我和林方文不是曾经戏言,要是他化作飞灰,我要把他射到天空上去的吗?

出发来布列塔尼之前,我收到了林方文寄来的包裹,里面有一封信和一张唱片。

程韵:

  曾经以为,所有的告别,都是美丽的。

  我们相拥着痛哭,我们互相祝福,在人生以后的岁月里,永远彼此怀念,思忆常存。然而,现实的告别,却粗糙许多。

  你说得对,也许,我真正爱的,只有我自己。我从来不懂得爱你和珍惜你,我也没有资格要求你回来。

  答应过你,每年除夕,都会送你除夕之歌。你说你永远不想再见到我,那么,我只好在你以后的人生里缺席。

  这是提早送给你的除夕之歌,也是最后一首了。愿我爱的人活在幸福里。

林方文

我和韩星宇来到了"布列塔尼"餐厅,那是个梦境一般的世界。那首除夕之歌,却为什么好像是一首预先写下的挽歌?

> 离别和重逢,早不是我们难舍的话题,褥子上,繁花已开
> 开到荼蘼到底来生还有我们的花季,今夜,星垂床畔
> 你就伴我漂过这最后一段水程
> 了却尘缘牵系

我要的是除夕之歌,什么时候,他擅自把歌词改成了遗言?我不要这样的歌,我要从前的每一个除夕。上一次的告别太粗糙了,我们还要再来一次圆满的告别,他不能就这样离开。

餐桌旁,灯影摇曳,木马从高高的天花板上垂吊下来,那木马却是不能旋转的木马。有没有永不散场的戏?有没有永不消逝的生命?

愿我爱的人随水漂流到我的身畔,依然鲜活如昨。